HEYNE
BÜCHER

In der Perry-Rhodan-Reihe sind
als Heyne-Taschenbücher erschienen:

Planet der Mock · Band 16/1
Der große Denker von Gol
Band 16/2
Schatzkammer der Sterne
Band 16/3
Sturz in die Ewigkeit · Band 16/4
Die verhängnisvolle Expedition
Band 16/5
Die Tochter des Roboters
Band 16/6
Die Zeitspringer · Band 16/7
Am Rand des blauen Nebels
Band 16/8
Invasion der Puppen · Band 16/9
Die goldenen Menschen
Band 16/10
Im Zentrum der Galaxis
Band 16/11
Die Parasklaven · Band 16/12
Sternkolonie Troja · Band 16/13
Die Nacht des violetten Mondes
Band 16/14
Ich, Rhodans Mörder · Band 16/15
Phantom-Station · Band 16/16
Der Flug der Millionäre
Band 16/17
Raumkapitän Nelson · Band 16/18
Die Zone des Schreckens
Band 16/19
Das Gesetz der gläsernen Vögel
Band 16/20
Das tödliche Paradies · Band 16/21
Der Geisteragent aus dem All
Band 16/22
Der Einsame von Terra
Band 16/23
Baumeister des Kosmos
Band 16/24
Ins Weltall entführt · Band 16/25
Fischer des Universums
Band 16/26
Ein Teil der Ewigkeit · Band 16/27
Gucky und die Mordwespen
Band 16/28
Die Fremden aus dem Mikronebel
Band 16/29
Der Schlüssel zur anderen Welt
Band 16/30
Terra in Trance · Band 16/368
Das Aralon-Komplott
Band 16/369
Welt der Prospektoren · Band 16/370
Luminia ruft · Band 16/371
Das Gremium der Vier · Band 16/372
Deserteur der USO · Band 16/373
Die Wurzeln des Todes
Band 16/374
Halo 1146 · Band 16/375
Die Toleranz-Revolution
Band 16/376
Tränen vom Himmel · Band 16/377
Die Elixiere von Chubbid
Band 16/378
Sturm der neuen Zeit · Band 16/379
Als die Kröten kamen · Band 16/380
Verlorenes Leben · Band 16/381
Das sterbende Imperium
Band 16/382
ELOHIM II . Band 16/383
Das Bermuda-Loch · Band 16/384
Eisige Zukunft · Band 16/385
Welt über den Wolken
Band 16/386
Hölle hoch vier · Band 16/387
Galaktische Rache · Band 16/388
Schach den Cantaro · Band 16/389
Das hohle Paradies · Band 16/390
Im Nichts gestrandet · Band 16/391
Psychospiel · Band 16/392
Atlans Todfeinde · Band 16/393
Der Moloch · Band 16/394
Testflug · Band 16/394
Testflug · Band 16/395
Für Arkons Ehre · Band 16/396

Perry Rhodan

DUELL IN TERRANIA

Intrigen in der Kosmischen Hanse – die Macht aus dem Dunkeln agiert

Ein Science-Fiction-Thriller von

KONRAD SCHAEF

Originalausgabe

WILHELM HEYNE VERLAG
MÜNCHEN

PERRY RHODAN
Nr. 16/397

Umwelthinweis:
Dieses Buch wurde auf
chlor- und säurefreiem Papier gedruckt.

Redaktion: Klaus N. Frick

Wilhelm Heyne Verlag GmbH & Co. KG, München
Printed in France 1996
Umschlagillustration: Alfred Kelsner, Bünde
Umschlaggestaltung: Atelier Ingrid Schütz, München
Satz: Franzis-Druck GmbH, München
Druck und Bindung: Brodard & Taupin

ISBN 3-453-09197-3

Einleitung

... es ist eine Zeit permanenter Unruhe, jene Epoche nach der Tyrannei der Cantaro. Nach den Erfahrungen mit Monos, der den Milchstraßenvölkern ihre Identität, ihren Stolz und damit auch ihr Selbstvertrauen zu rauben suchte, sehen viele Planeten ihr Heil in der Konzentration auf sich selbst, kapseln sich gegenüber dem Galaktikum ab, das diesen separatistischen Bestrebungen hilf- und entschlußlos gegenübersteht ... dem unvoreingenommenen Betrachter präsentiert sich das Galaktikum heute als Debattierklub ohne nennenswerten Einfluß auf die Geschicke der galaktischen Völkerfamilien. Trotz des verzweifelten Bemühens, sich neu zu konsolidieren, kann es mit den anstehenden Problemen nicht Schritt halten. Nur so lassen sich die dreisten Übergriffe der Topsider auf arkonidische und terranische Kolonialplaneten verstehen. Vor allem die merkwürdigen Gebietsansprüche der Akonen im Bereich der terranischen Einflußsphäre – die vordergründig vom Großen Rat auf Sphinx nicht gebilligt werden, nichtsdestotrotz aber immer häufiger geschehen –, geben Anlaß für Konfrontationen zwischen der LFT und radikalen Akonengruppierungen. Konfrontationen, die bis zu Auseinandersetzungen mit Waffen eskalieren. Immer wieder entstehen so neue, punktuelle Krisenherde ...

Aus: »Abriß der Ökonomie und Politik in der Milchstraße« von Ryder Shephard. (Sonderdruck, Giznis-City, Sol III). September/Oktober 1200 NGZ.

1204 NGZ, auf dem Planeten Manthor

Galva wußte weder, wie lange er gelaufen war, noch hatte er den Anbruch der Morgendämmerung bemerkt. Schließlich stürzte er erschöpft zwischen den Felsen in den Sand. Lange blieb er mit dem Gesicht nach unten liegen. Dann wälzte er sich schweratmend auf den Rücken und starrte in den Morgenhimmel. Obwohl sich die strahlende, messingfarbene Scheibe bereits über den Horizont erhoben hatte, waren die beiden Monde Manthors noch deutlich sichtbar. Das Brennen und Pulsieren in seiner Brust wurde stärker; die Reserven des hinter seinem linken Schulterblatt implantierten Medo-Moduls schienen aufgebracht. Von nun an mußte er wohl oder übel mit den Schmerzen leben – falls er dies hier überhaupt lebend überstand.

Ob sie wohl die Suche nach ihm aufgegeben hatten? Er befand sich seit mehr als zwanzig Stunden auf der Flucht; er mußte weiter.

»Steh auf«, sagte er laut. »Steh auf, du Narr!«

Seine Stimme erschreckte ihn. Sie klang laut, viel lauter als die Geräusche des beginnenden Tages. Schwankend kam er auf die Füße. Seine Augen brannten, er blinzelte. Sein Blick wanderte über die Ebene zurück …

»Oh, du verdammter Idiot«, murmelte er.

Er hatte im Wüstenboden eine deutlich sichtbare Spur hinterlassen. Sie reichte so weit zurück, wie er im grellen Morgenlicht sehen konnte. Und noch darüber hinaus. Bis dorthin nämlich, wo er den Bodenschweber zurückgelassen hatte, mit dem er aus dem Stützpunkt fliehen konnte; der Antrieb hatte schließlich doch seinen Geist aufgegeben und ihn gezwungen, die Flucht zu Fuß fortzusetzen. Noch weiter hinten, dort, wo der Himmel mit der Linie des Horizontes verschmolz, lagen in den Trümmern der Station die Toten. Überwiegend junge Männer, ohne ausreichende Kampferfahrung, frisch von der Akademie. Unwissend wie Neugeborene – und mit dem selben Gesichtsausdruck waren sie auch gestorben: Renzo, Deezen, Shim, Tawn, und wie sie alle hießen. Sie hatten immer ein wenig über ihn gespottet, hatten ihn für einen alten Mann gehalten, obwohl er erst hundertzehn war. Aber seine Erfahrung war es letztendlich, die ihn dieses Fiasko zumindest vorläufig überleben ließ. Galva hätte weinen mögen; seine Augen brannten. Jedesmal, wenn er an die jungen Kadetten dachte, hätte er am liebsten geschrien. Er fühlte sich leer, ausgebrannt.

Ein plötzlicher Windstoß hüllte ihn kurzzeitig in eine Staubwolke. Kleine Lichtblitze zuckten in seinem linken Augenwinkel. Er zwinkerte und schüttelte heftig den Kopf – ehe er erkannte, daß es sein Ortungsgerät war, das ihm eine Warnung zukommen ließ. Er rückte den schmalen, metallenen Reifen auf seinem Kopf zurecht.

»Piko«, murmelte er, »taktische Darstellung.«

Der stecknadelkopfgroße Gefechtsfeld-Scanner des Pikosyns projizierte ein Holo nur wenige Zentimeter vor seinem rechten Auge; die Reflexe spiegelten sich auf seiner Netzhaut. Die Zahlenkolonnen der Entfernungsangaben flimmerten über das virtuell erzeugte Display. Nun wußte er definitiv, daß sie ihn nach wie vor verfolgten. Neue Werte kamen. Galva las die exakte Entfernung zwischen ihm und seinen Verfolgern ab. Fünftausend Meter. Sie waren nahe, verdammt nahe.

»Visueller Modus!« Galvas Stimme kam nur krächzend aus der trockenen Kehle. Der Pikosyn justierte neu. Die karstige Ebene zoomte heran – und dann sah Galva die vier metallenen Käfer, die behende dem jenseitigen, leicht geneigten Abhang herunterglitten und sich daran machten, die Distanz zwischen ihm und ihnen zu verringern. Es handelte sich um eine mechanisierte Einheit. Für einen winzigen Augenblick wunderte er sich, weshalb sie nicht mit Gleitern nach ihm suchten, dann verschwendete er keinen weiteren Gedanken daran. Es war gleichgültig, womit sie ihn verfolgten – nur ein Wunder würde ihn noch retten können. Einziges Problem dabei: Wunder waren rar in diesem Abschnitt der Galaxis, ganz besonders aber auf dieser Welt.

»Lauf weiter, Dummkopf«, befahl er sich selbst. Er zog eine Grimasse und machte sich erneut auf den Weg.

Natürlich würden sie wissen, daß er sich landeinwärts gewandt hatte, hinein in die von labyrinthischen Wadis, tiefen Schluchten und Schründen durchzogenen Ebene, die dem Dschungel vorgelagert war. Ideales Versteck für alles, was sich zu verbergen suchte. Aber sie würden nicht aufgeben. Sie würden die Gegend nach ihm absuchen und so lange auf ihre Ortungsgeräte starren, bis sie ihn schließlich hatten.

Einmal stürzte er fast in ein Wadi. Für Sekunden stand er schwankend und mit wild rudernden Armen am steil abfallenden Rand des ausgetrockneten Flußbettes, als abstruse Karrikatur einer Marionette, die mit unsichtbaren Schnüren kämpfte, in die sie sich verheddert hatte. Der Wind zerrte an ihm, drohte ihn hinauszustoßen in die Leere. Das Gewicht der schweren Waffe unter seiner rechten Schulter wollte ihn hinabziehen. Die Schlucht war tief genug, um ihm ein staubiges Grab zu bereiten.

Na, und wenn schon, durchzuckte es ihn. *Was ist eigentlich so schlimm am Sterben? Ob hier und jetzt, oder später, was spielt das für eine Rolle?*

Und doch – etwas hielt ihn davon ab, der lockenden Tiefe nachzugeben. Er wußte, daß die Notfallautomatik bei der Zerstörung des Stützpunktes einen Hilferuf abgesetzt hatte, der früher oder später von einem in der Nähe operierenden Schiff der Kosmischen Hanse, die

LFT oder einer befreundeten Allianz aufgefangen werden würde. Er mußte nur lange genug am Leben bleiben, um gefunden zu werden.

Rücklings fiel er auf sicheren Boden zurück.

Er schrie auf, als die gebrochenen Rippen glühende Pfeile durch seinen Körper schickten. Der Schmerz trübte seinen Blick. Mit großer Anstrengung kam er taumelnd auf die Füße und trottete weiter.

Die Sonne brannte jetzt sengend herab; die Helligkeit blendete Galva. Er war überrascht, als er sah, wie hoch sie gestiegen war. Wie es schien, hatte er sein Zeitgefühl völlig verloren. Er konnte sich nicht erinnern, wann er das letztemal etwas getrunken hatte und sah sich nach etwas Trinkbarem um. Aber hier herrschte die Wüste uneingeschränkt. Felsen und Sand schienen zu brennen. Nirgendwo gab es Wasser in größeren Mengen. Nirgends gab es Schatten, nirgends Leben, bis auf die handgroßen, spinnenbeinigen Sandläufer. Dieser Teil des Planeten war so lebensfeindlich wie das Innere eines Schmelzofens.

»Los, beweg dich! Sieh zu, daß du weiterkommst ...«

Trotz der Schmerzen in der Brust rannte er ein Stück, ging dann langsamer, marschierte durch ein Geröllfeld, wobei er nur auf harten Fels trat und sich für gerissen hielt, weil er so keine Spur hinterließ. Aber Individualtaster ließen sich so natürlich nicht täuschen. Er hatte keine Ahnung, wie weit er schon in dieses unwegsame Terrain eingedrungen war, aber er kannte die Hügelkette, die im gelben Dunst über dem nördlichen Horizont schwebte und diesen wüsten Landstrich abschloß. Dahinter begann der Dschungel Manthors.

»Was war bloß los?« fragte Galva laut. »Wie haben sie es geschafft, uns zu entdecken?«

Er wußte es nicht.

Keiner von ihnen hatte geahnt, was auf sie zukam. Plötzlich ertönten die Alarmsignale, und die Akustikfelder im Innern der Station riefen sie auf, sich auf ihre Positionen zu begeben. Sie ließen alles stehen und liegen und rannten zu den Gefechtsstationen – aber es war im Grunde genommen schon zu spät. Irgend etwas hatte ihre Sensoren überlistet. Bevor sie merkten, in welchen Schwierigkeiten sie steckten, war auch schon alles vorüber. Die schwerbewaffnete Korvette der Akonen überrumpelte sie völlig; mit einem einzigen Feuerschlag setzte der konzentrierte Beschuß ihre Verteidigungsanlagen außer Gefecht. Wie hatte es nur geschehen können? In die Falle geraten – unglaublich.

Galvas fieberndes Gehirn hatte die Geschehnisse wieder und wieder analysiert, er war zu keinem zufriedenstellenden Ergebnis gelangt. Es konnte Verrat im Spiel gewesen sein. Nur – wer hatte sie verraten?

»Geh weiter, Penn«, ermahnte er sich. »Lauf, oder sie erwischen dich. Sie haben längst gemerkt, daß du als einziger überlebt hast. Sie werden wie der Leibhaftige hinter dir her sein.«

Überlebt hatte er den Überfall, ja. Aber zu welchem Preis? Die Explosion eines Teils der Station hatte seine linke Seite in Kontakt mit einem Träger gebracht, der ihm mehrere Rippen brach. Trotzdem versuchte er alles menschenmögliche, um das drohende Unheil von der Station und den jungen Kadetten abzuwenden. Erst als er merkte, daß er der einzige war, der noch kämpfte, sah er das Nutzlose seines Tuns ein. Es gelang ihm, im allgemeinen Tumult einen der Bodenschweber aus dem Hangar zu entwenden und damit zu fliehen ...

Keuchend, mit schmerzenden Lungen stapfte er die steile Flanke einer Düne hoch. Er stolperte, fiel hin und schlug mit der falschen Seite auf. Er stieß einen gellenden Schmerzensschrei aus und hatte das Gefühl, daß etwas in seiner Brust zerrissen sei. Er keuchte und hustete. Warm sickerte es aus seinen Mundwinkeln. Er schmeckte Blut auf den Lippen. Eine der gebrochenen Rippen mußte in die Lunge gedrungen sein. Galva zwang sich, aufzustehen. Der Boden schwankte unter ihm. Er taumelte, fing sich wieder und setzte seinen Aufstieg fort.

Als er den Kamm erreicht hatte, hockte er sich erschöpft in den Sand. Er blutete noch immer aus den Mund. Furcht überkam ihn, als er sich fragte, wie lange es wohl dauern würde, bis er vor Schwäche das Bewußtsein endgültig verlieren würde. Er schloß die Augen – aber nur für Sekunden, dann riß er sie wieder auf, als der Motorenlärm an seine Ohren drang und ihm der Scanner seines Pikosyns mit elektromagnetischen Signalen die Netzhaut bombardierte.

Zu seiner Überraschung mußte er feststellen, daß seine Verfolger ihn eingeholt hatten, daß sie sich bereits auf der anderen Seite der Düne in der Tiefe eines ausgetrockneten Flußbettes befanden. In Galvas Leben hatte es immer mal Zeiten gegeben, da er Angst empfunden hatte. Auch jetzt sollte er wohl Furcht empfinden, aber eigentlich war es ihm gleichgültig. Er wünschte sich nur, er könnte sich im Sand vergraben und verschwinden. Am liebsten hätte er sich wegteleportiert, falls er die Möglichkeit dazu gehabt hätte.

Ein großer Schatten fiel über ihn. Hatten sie nun doch noch zusätzlich einen Gleiter eingesetzt, um seiner habhaft zu werden? *Nun denn,* dachte er zutiefst erschöpft, *das war's dann wohl …*

Er wälzte sich ergeben auf den Rücken und blickte auf. Mühsam nur klärte sich sein Blick – und dann begann er hysterisch zu kichern, als er erkannte, daß er letztlich doch noch einmal mit dem Leben davongekommen war: Die Insignien auf der Unterseite der Hülle des schweren Gleiters waren eindeutig …

1.

Terrania-City, Erde, 12. September 1210 NGZ

Für sie begann in dem Moment, als der Kugelraumer in die Erdatmosphäre eintauchte, eines der erregendsten und gefährlichsten Unternehmen seit langem. Glücklicherweise wußten beide nicht, was sie erwartete. Hinter ihnen lagen zehn Tage Nichtstun an den Ophir-Stränden von Pontichos II – entsprechend gelaunt verfolgten sie die Landung auf dem Raumhafen. An die Unterredung mit Noa Lodon im HQ-Hanse verschwendeten sie im Augenblick nicht allzuviele Gedanken.

Im verwaschenen Licht des frühen Morgens dockte die silberglänzende DICAPRIO auf dem ihr zugewiesenen Platz an. Die Polschleuse öffnete sich, und die Stimme des Kapitäns forderte die Fluggäste mit den üblichen Höflichkeitsfloskeln auf, den Raumer zu verlassen und möglichst nichts zurückzulassen.

Die beiden Männer nahmen ihre Reisetaschen an sich und verließen das Raumschiff. Der eine Mann war Pet Yulal.

Der auf Plophos geborene Terraner war zweiundsechzig Jahre alt, also noch relativ jung, hundertfünfundachtzig Zentimeter groß, hager und Hanse-Spezialist. Er kleidete sich mit Vorliebe in Dunkelgrau und Schwarz. Um die schmalen Augen lag hin und wieder ein düsterer Zug, der von dem dunklen Drei-Tage-Bart noch verstärkt wurde. Meist jedoch blickten sie eine Spur ironisch – wie eben jetzt, als er die Fesseln einer jungen Frau betrachtete, die vor ihnen auf den vielgliedrigen Schwebebus zuging.

Der zweite Mann hieß Vernon Almod; er war ebenfalls Hanse-Spezialist und Yulals Partner.

Der Schwebebus nahm die Passagiere der DICAPRIO auf. Kurze Zeit später befanden sie sich im Hauptterminal des Verkehrsraumhafens Terrania.

Yulal zögerte kurz am Ende der auf die nächste Ebene führenden Rolltreppe und musterte die quirlende Menge, die den weitgespannten Dom bevölkerte. Ein baylonisches Sprachengewirr herrschte. Musik aus vielen Akustikfeldern verschmolz mit Durchsagen in Interkosmo und mehreren anderen galaktischen Sprachen. Der Hanse-Spezialist warf einen langen Blick über das scheinbar heillose Durcheinander der gewaltigen, lichterfüllten Halle, dann nickte er seinem Partner zu. Sie ließen sich von einer Rolltreppe nach unten tragen, hinaus in den zentralen Verkehrskreisel.

Im Freien angelangt, lenkten sie ihre Schritte zu dem ersten in einer langen Reihe von Bodengleitern. Sie hätten zwischen einigen anderen Beförderungsmitteln wählen können, zogen aber ein CityCab vor, weil sie dadurch mehr von der Stadt sahen.

»Frei?«

Der Fahrer hob den Kopf von seiner Fotozeitung, in seinem Mundwinkel hing eine in gelbes Papier geschlagene Zigarette. Er musterte die potentiellen Fahrgäste abschätzend und knurrte dann zurück:

»Sieht ganz so aus, wie? Oder glaubt ihr, ich stehe zu meinem Vergnügen hier?«

Yulal bedauerte für einen Moment, nicht doch die Rapidbahn für die Fahrt zur Innenstadt genommen zu haben, dann schwang er sich ergeben seufzend in die leuchtend-gelb lackierte Schale des Gleiters. Neben ihm ließ sich Almod in die Polster fallen; sein Lächeln verhieß nichts Gutes. Die Sitzfederung des schon etwas angejahrten Gefährts protestierte quietschend.

»Bist du sicher, daß das Vehikel die Belastung einer

Fahrt verkraften wird?« erkundigte sich Almod durch das offene Fenster sarkastisch bei dem Fahrer, der ausgestiegen war und ihre Taschen verstaute.

Der Fahrer brummelte vor sich hin. Dann klemmte er sich wieder hinter das Steuer. Er steckte sich die Zigarette an und zog kräftig, bis der Tabak zu glimmen begann.

Almod rümpfte ostentativ die Nase und hüstelte nachhaltig. Im Fahrzeug begann es ungefähr so zu riechen, als würde man einen Vogel mitsamt den Federn braten.

»Fantastisches Aroma«, bemerkte er bissig. »Bist du ganz sicher, daß du kein Insektenvernichtungsmittel rauchst?«

»Bin mir verdammt sicher«, gab der Fahrer ungerührt zurück.

»Na, dann vorwärts!« knurrte Almod und schlug ihm mit plumper Vertraulichkeit auf die Schulter. »Gib der Sardinenbüchse die Peitsche zu spüren, Mac!«

›Mac‹ startete die Maschine. Mit summendem Aggregat reihte er sich in den fließenden Verkehr ein. Dann schob er den Geschwindigkeitsregler ruckartig nach vorn. Die Andruckabsorber hatten auch schon mal bessere Tage gesehen; die abrupte Beschleunigung drückte die beiden Hanse-Spezialisten in die Polster. Mit einer Höllenfahrt schoß der Bodengleiter die lange Kehre hinunter, die ihn ins Zentrum führte. Kurzzeitig roch es zusätzlich zum stinkenden Tabakderivat nach heißer Hydraulikflüssigkeit und schmorenden Kontakten. Schließlich reinigte der Sog des Fahrtwindes das Fahrzeuginnere von allen Gerüchen.

»Wohin?«

»Du kennst die Stadt?«

Der Pilot nahm kurz die Zigarette aus den Mund und spuckte durch die offene Scheibe. »Will ich meinen.«

»Wie kann man nur eine Stadt von zweiundzwanzig

Millionen Einwohnern und entsprechend vielen Gästen kennen?« wunderte sich Yulal laut.

»Reine Gewohnheit. Leb du mal zweiundsiebzig Jahre in diesem Kaff ... Wohin also?«

»Plejaden-Hotel.«

Der Pilot starrte im Rückspiegel Almod an, als hätte ihm dieser ein unmoralisches Angebot gemacht.

»Plejaden ...?« vergewisserte er sich noch einmal und betrachtete abschätzend die etwas saloppe Kleidung der beiden Männer.

»Ja, ja. Genau dorthin, Mac!« bestätigte der Hanse-Spezialist.

Der Driver konzentrierte sich darauf, die richtige Spur zu finden – offensichtlich funktionierte das computerunterstützte Verkehrsleitsystem in seiner Kunststoffschachtel auch nicht mehr so hundertprozentig –, schüttelte den Kopf, schwieg jedoch. Aber man merkte, daß es in ihm arbeitete.

Die beiden Hanse-Spezialisten machten es sich für die rund sechzig Kilometer lange Fahrt bequem und betrachteten das Panaroma, das draußen vorbeihuschte.

Terrania-City, in der Wüste Gobi gelegen, war die jüngste und zugleich größte und modernste Hauptstadt der Erde. Bereits kurze Zeit nach der Ausrufung der Dritten Macht gegründet, bildete sie seitdem den geistigen und kulturellen Mittelpunkt des einstigen Solaren Imperiums und der jetzigen Liga Freier Terraner. In Terrania gab es die bedeutendsten Universitäten, Institute und Kliniken sowie die Raumakademien und die Administration der Regierung. Die Stadt, zwischen dem Nan-Schan-Gebirgszug im Süden und dem Altaigebirge im Norden erbaut, war ursprünglich einmal für eine Bevölkerung von fünf Millionen ausgelegt. Nun aber, im 13. Jahrhundert NGZ, bedeckte sie fast schon die gesamte Khooloi Gobi, jene ehemalige trockene Beckenlandschaft in Zentralasien. Gigantische Verwaltungshochhäuser, riesige Versorgungseinrichtungen, hypermoderne Verkehrsmittel aller Art, gewaltige Büro- und Wohnmaschinen und die wolkendurchstoßenden Kathedralen ultramoderner Hotels nahmen die Menschenflut auf.

Die Fahrt ging über den Procyon-Damm, die Sirrah-Road entlang, führte dann seitlich den Schimo-Hügel hoch und wandte sich dort nach Süden zum Tokugawa-Drive.

»Ihr wißt schon, was ein Apartment für vierundzwanzig Stunden im Plejaden kostet, oder?« fragte der Gleiterpilot nach einer Weile.

Yulal meinte leichthin: »Hmm, unter sechshundert Galax wird da kaum was zu haben sein, schätze ich. Aber was soll's!«

Er sah die starren Augen des Piloten im breiten Rückspiegel und hörte, wie er verbittert murmelte:

»Manche Leute haben zeitlebens Glück. Glück und nichts als Glück …«

Der Hanse-Spezialist dachte an die Einsätze, die er allein oder zusammen mit anderen Agenten schon gemacht hatte, an die mannigfaltigen Gefahren und an die oftmals aussichtslosen Situationen an den Brennpunkten interstellarer Verwicklungen, und er nickte nachhaltig. »Du sagst es, Mac …«

Dabei hatten sie gar nicht vor, im Plejaden abzusteigen; das Hotel lag nur in unmittelbarer Nachbarschaft des HQ-Hanse, ihrem eigentlichen Ziel. Aber das mußte er dem Fahrer ja nicht auf die Nase binden.

Das CityCab fegte die Zufahrt zu einer der vielen Brücken hoch, die den Edsen Gol überspannten – den Fluß, der in den Goshunsee mündete –, umrundete den in der ganzen Lokalen Gruppe bekannten Meidschi-Brunnen und folgte dann der Avenue Bester. Schließlich endete die Höllenfahrt. Der Gleiter stoppte mit wimmernden Absorbern vor dem Hotel de Plejades. Es waren keine vierzig Minuten vergangen.

»Wir sind da,« sagte der Driver überflüssigerweise.

Wortlos stiegen die beiden Hanse-Spezialisten aus und warteten, bis der Pilot ihre Taschen aus dem Gepäckabteil wuchtete.

»Was macht's?« erkundigte sich Yulal und zog seine Brieftasche.

Der Fahrer nannte grinsend den Preis.

»Billiger als ein Sarg«, stellte Almod mit matter Stimme fest.

Yulal zahlte mit einem großen Schein. Als der Pilot umständlich nach Wechselgeld zu kramen begann, winkte er ab.

»Behalt den Rest. Laß dich dafür als Raumpilot ausbilden.«

»Wieso?« erkundigte sich der hagere, sonnenverbrannte Mann mit der obligatorischen ärmellosen Weste aus abgewetztem SimLeder. »War's nicht schnell genug?«

Die beiden Spezialisten warteten, bis das Gleitertaxi um die nächste Biegung verschwunden war. Dann sammelten sie ihr Gepäck auf und gingen zur nächsten Subway-Station.

Nur zwanzig Minuten später schritten Yulal und Almod durch einen Korridor in der zweiunddreißigsten Ebene des äußeren Ringes des kreisförmigen, acht Kilometer durchmessenden ehemaligen Imperium Alphas, das jetzt allerdings die Bezeichnung HQ-Hanse trug. Zwei verschiedene Sicherheitskontrollen hatten sie schon hinter sich; nach der dritten Sicherheitskontrolle standen sie schließlich vor den Diensträumen Noa Lodons. Sie mußten eine weitere Kontrolle über sich ergehen lassen, ehe sie endlich das Vorzimmer Lodons betraten.

»Dr. Yulal. Vernon Almod!« Eine der Technikerinnen

an einer Konsole links neben dem Eingang hob den Arm. »Der Chef möchte euch sehen. Im Besprechungsraum. Ihr könnt gleich rein.«

»Danke.« Pet berührte die Sensorleiste, wartete, bis die schwere Platte aus Sicherheitsglas zur Seite schwang. Dann traten beide Spezialisten hindurch.

Wie ein ins Riesenhafte vergrößertes futuristisches Kunstwerk schwebte als dreidimensionale Projektion die Sternenkarte der Milchstraßenebene in dem mächtigen Holokubus an der Stirnseite des Raumes. Die Projektion war von den leuchtenden Linien eines Gradnetzes durchzogen, zwischen dem perlengroße Lichtpunkte im satten Grün flimmerten. Jeder einzelne dieser Punkte bedeutete den Einsatzort eines der unzähligen Teams von Hanse-Spezialisten.

Noa Lodon, ein großgewachsener, schlanker älterer Mann mit kurzgeschorenem weißen Haar, saß hinter einem langen Tisch mit polierter Platte und studierte einen Computerausdruck. Die Papierfahnen raschelten leise im Zug der Klimaanlage. Die Fingerspitzen seiner linken Hand schlugen einen schnellen, harten Wirbel.

»Wie war der Urlaub?« fragte er und legte die Druckfahnen zur Seite. Er zeigte auf die Sitzgruppe. »Setzt euch. Kaffee?«

Die beiden nickten und nahmen Platz.

Yulal machte eine vage Geste. »Zu kurz. Könnten wir nicht –?«

Noa Lodon schüttelte den Kopf; in seinen Mundwinkel stand ein winziges Lächeln.

»Servo«, sagte er in den Raum hinein. »Kaffee für uns … Sekunde!« Er blickte die beiden Hanse-Spezialisten fragend an. »Was zu essen?«

»Nicht für mich«, erwiderte Yulal. Auch Almod verneinte.

»Also nur Kaffee, Servo.« Er wandte sich erneut den beiden zu. »Nichts da. Keine Chance, den Urlaub verlängert zu bekommen. Ich brauche jeden verfügbaren Agenten.«

»Dacht' ich's mir doch«, murmelte Vernon.

»Probleme?« fragte Yulal.

Der Serviceroboter kam mit Kaffee.

Lodon wartete einen Augenblick, dann fuhr er fort: »Unser Problem ist das geplante Handelsabkommen zwischen Akon und unserer Regierung, vielmehr die in Kürze stattfindende Unterzeichnung der Rahmenverträge hier auf Terra. Ihr wißt darüber Bescheid?«

Almod nickte. »Wir verfolgen die Nachrichten ...«

Yulal präzisierte: »Wir sind im Bilde. Aber wo genau liegt das Problem?«

»Nun denn ... es gibt Anzeichen dafür, daß während seines Aufenthaltes in Terrania-City ein Attentat auf Kytan ay Marunochy, dem Handelsattaché des Großen Rates von Sphinx, geplant ist.«

Pet lehnte sich zurück und rieb sich die Stoppeln am Kinn. »Weiß man, wer dahintersteckt?«

»Noch nicht, aber manche *Experten* in der Administration tippen auf eine akonische Extremistengruppe.«

»Blödsinn!« kommentierte Almod auf seine unnachahmliche Art. »Wie ich die akonische Mentalität kenne, wird jeder einzelne Bedienstete in Marunochys Stab ein verkapptes Mitglied des Energiekommandos sein. Ganz zu schweigen von unseren eigenen Schutzvorkehrungen, die mit Sicherheit ergriffen werden. Es dürfte fast unmöglich sein, auch nur in die Nähe des Kytan zu kommen.«

Lodon zuckte mit den Achseln.

»Wie auch immer, wir sind davon unterrichtet, daß Extremisten die Absicht haben, den Kytan zu ermorden.« Der Sicherheitsberater legte eine kleine Pause ein. »Vielleicht gelingt es ja nicht. Aber ihr wißt ja selbst: Wie sehr auch jemand bewacht wird, gegen zu allem entschlossenen Fanatikern, die bereit sind, das eigene

Leben dem Ziel unterzuordnen, gibt es so gut wie keinen Schutz.«

»Aus welchen Kanälen stammen diese … äh … Informationen?«

Pet Yulal schüttelte sich eine Zigarette aus der Packung, drehte das Derivat zwischen den schmalen, schlanken Fingern und zündete es schließlich an. Gelassen lehnte er sich im Sessel zurück, schlug die Beine übereinander und klopfte sich ein imaginäres Stäubchen von seiner teuren Hose.

Lodon musterte Yulal über den Rand des Bechers hinweg.

»Den üblichen.«

Pet Yulal runzelte die Stirn. Dann nickte er unmerklich. Teams von Hanse-Agenten agierten über die Galaxis verteilt. Ständig erreichte HQ-Hanse ein Strom Informationen, die in entsprechenden Abteilungen gesichtet, analysiert, gefiltert und aufbereitet wurden, ehe sie, mit den entsprechenden Kommentaren und Schlußfolgerungen versehen, auf den Arbeitstischen der Abteilungsleiter landeten. Wenn Noa Lodon eine derartige Information von sich gab, konnten sie sicher sein, daß diese Hand und Fuß hatte.

»Wir sollen also Bodyguards spielen? Personenschutz übernehmen? Wir sind zwar nicht ungeübt in derlei Dingen, aber gibt es dafür nicht besser geeignete Leute?« sagte Almod frei heraus.

Der Spezialist bot mit seinen 181,8 Zentimetern und rund hundertzehn Kilo das Bild ungezügelter, physischer Kraft. Die grauen Augen in dem kurzgeschorenen Schädel verliehen ihm einen Ausdruck von Härte. Wie Lodon wußte, war er während der Monos-Ära im Jahr 1144 als Sohn zweier terranischer Agrar-Wissenschaftler auf dem Siedlungsplaneten Nieuw II geboren worden. Seine Eltern starben vier Jahre später bei dem Versuch, sich der Cantaro-Herrschaft durch Flucht nach

Terra zu entziehen. Jahrelang versteckte sich Vernon vor den Handlangern der Cantaro auf der Außenwelt Nieuw VII; der Überlebenskampf war grausam und prägte ihn für alle Zeiten. Schließlich wurde er mit dreizehn Jahren von Mitgliedern der Organisation WIDDER aufgegriffen. Die Männer und Frauen der Hanse nahmen ihn in ihre Obhut, bildeten ihn zu einem harten, kompromißlosen Kämpfer aus. Diese Ausbildung wurde später in den Schulungszentren der Kosmischen Hanse auf Terra mit einem Doppelstudium über Wirtschafts-Ingenieurwesen und Informatik abgeschlossen. Allerdings war er kein bequemer Mitarbeiter der Hanse; schon während seiner Zeit bei den Widdern bescheinigten ihm seine Ausbilder Widerspruchsgeist und Auflehnung gegenüber allem konformistischen Denken. Was er auf den Tod nicht ausstehen konnte, waren Beamtennaturen und Krämerseelen. Dementsprechend lasen sich die Eintragungen in seiner Personaldatei.

Das Ghola-Debakel schien seine Karriere vorzeitig zu beenden. Die Ereignisse auf Agma IV jedoch, die Freundschaft mit Arig Kyle und Pet Yulal sowie ein entsprechendes Angebot aus der Chef-Etage des HQ brachten ihn erneut in die Reihen der Hanse-Spezialisten zurück ...

Lodon schüttelte den Kopf.

»Euch brauche ich dafür, dieses angedrohte Attentat zu vereiteln. Zwar sind die Akonen nicht unbedingt das, was wir unter Demokraten verstehen, aber ohne sie läßt sich das Machtgefüge in der Lokalen Gruppe auch nicht dauerhaft stabilisieren. Ein Anschlag auf den Handelsattaché auf den Boden Terras würde das ganze fragile Gebäude der Annäherung, die sich anzubahnen scheint, in Frage stellen. Sollte es gelingen, dem übrigen Teil der im Galaktikum integrierten Völker vorzuführen, daß die LFT im allgemeinen und die Hanse im besonderen nichts für Marunochys Sicherheit zu tun in der Lage war, wird das Geschrei auf der galaktischen Bühne groß sein. Eine Vorstellung, welche die Administrationen mit äußerstem Unbehagen erfüllt.«

»Schon irgendwelche Einzelheiten bekannt?«

»Findet ihr alles da drin!« Lodon schob den beiden je eine dünne Folienmappe mit Memos zu. »Euer Auftrag lautet«, fuhr er mit seiner schleppenden Stimme fort, »herauszufinden, was hinter dieser Attentatsdrohung steckt, die wir auf keinen Fall ignorieren können. Ihr habt freie Hand in euren Entscheidungen. Braucht ihr Hilfe von seitens der Administration, der Regierung oder dem Militär, wird sie euch mit Vorrang-Kode gewährt. Es kommt vor allem darauf an, die Hintermänner, die Drahtzieher des geplanten Anschlags aufzudecken und ihnen rechtzeitig – ich betone rechtzeitig! – das Handwerk zu legen. – Und noch etwas ...« Lodons Miene verfinsterte sich. »Die Delegation des akonischen Handelsrates trifft in vierzehn Tagen ein. Ihr habt nicht mehr viel Zeit ...«

»Wie üblich«, konstatierte Almod.

»... noch Fragen?«

»Keine Fragen mehr«, verneinte Yulal, und die beiden verließen das Büro.

2.

Von seinem Standpunkt aus konnte Jon Glough die syntrongesteuerten Vorgänge auf allen neun Transmitterplattformen sowie im angrenzenden Stapellager beobachten. Er stand auf der Backbordseite der Empore des großen Container-Transmitters und überblickte das Geschehen unter ihm. Die Aufsichtskanzel der Transmitterkontrolle hing wie ein überdimensionales Adlernest zwanzig Meter über dem Hallenboden. Im Augenblick war etwas Ruhe eingekehrt in dem ansonsten pausenlosen Erscheinen und Verschwinden der Container aus allen Teilen der Galaxis; nur gelegentlich noch flammten die Entstofflichungs- und Rematerialisierungsfelder auf, die die Halle mit irrlichterndem Schein zusätzlich erleuchteten.

»Pah! Nachtwache«, knurrte er und warf einen verdrießlichen Blick auf seinen ArmbandKom. Eine Stunde nach Mitternacht. Vor zwanzig Minuten hatte die Dispatch-Syntronik einen Container, der via Olymp von Stiftermann III gekommen war und eine in der Nähe des Handelsraumhafens von Terrania City gelegene kleine Werft zum Ziel hatte, zu einer der Offshore-Plattformen im zweiundzwanzigsten Stockwerk des Galactic Trade Centers dirigiert, wo er von einem Transportshift an Bord genommen worden war.

Drüben, auf der rechten Seite der Halle, von starken Scheinwerferkegeln beleuchtet, arbeiteten drei Wartungsroboter auf einer zehn Meter über dem Hallenboden schwebenden Montageplattform. Ein großes Stück der Wandverkleidung war entfernt worden. Dahinter lag ein Gewirr von vielfarbigen Stromleitungen und Hydraulikschläuchen bloß, in das die blaue Lanze eines Laserschweißers mit chirurgischer Präzision hineinstach.

Der nächste Container für einen Kunden in Terrania war für zwei Uhr dreißig terminiert. Der Carrier, der ihn abholte, würde maximal fünf Minuten vorher erscheinen, nicht früher, so hatte ihm jedenfalls der syntronische Disponent von Choozen-Export zu verstehen gegeben.

Jetzt war es ein Uhr sechzehn.

»Und was tue ich inzwischen?« fragte sich Glough, der es sich angewöhnt hatte, mit sich selbst zu sprechen. Einmal aus Mangel an geeigneten Gesprächspartnern, zum anderen weil es seine Art war.

»Ganz einfach warten!« beschloß er, sich selbst die Frage beantwortend. »Wie immer.«

Er zündete eine Zigarette an, rauchte schweigend eine Weile. Die Transmitterkontrolle hinter ihm war halbdunkel und leer, natürlich. Nur das fahle Leuchten der Monitor-Galerie schuf eine halbrunde, scharf abgegrenzte Lagune der Helligkeit. Er rauchte die Zigarette zu Ende und schnippte den Rest in ungefähre Richtung des Abfallkonverters. Fasziniert und mit einem leichten Grinsen sah er zu, wie das fluoreszierende Feld einen Trichter ausbildete, den Stummel aus der Luft pflückte und der Entsorgung zuführte. Dann ging er tiefer in den Kontrollraum hinein. Er warf sich in den hochlehnigen Sessel vor den Monitoren und rief ein paar Routinechecks ab; das syntronische Register der Loganlage würde seine Tätigkeit mit aktuellem Datum sowie genauer Uhrzeit vermerken und seinem Arbeitszeitkonto gutschreiben.

Eine Weile starrte er auf die Schirme, die ihm einen Überblick über die Transmitterhalle samt den dazugehörigen Stapellagern und den Offshore-Plattformen verschafften. Dann hob er die Schultern unter der Kombi.

Zwei Uhr drei …

Einen Moment überlegte er, sich bei Choozen-Export noch einmal zu vergewissern, ob die Abholung auch klappte, ließ es aber dann doch bleiben. Sicher war in den Räumen der Firma außer den Wach-Robots niemand mehr.

Er stand auf, ging hinüber zum Kaffeeservo und berührte drei Sensortasten.

Hinter der Verkleidung des Automaten schnurrte, klickte und winselte es. Dann erscholl ein scharfes Knacken. Jon sprang fluchend zur Seite, als ein dampfender Strahl, ohne daß ein Becher unter der Ausgußöffnung erschien, sich seinen Weg bahnte und auf den Boden spritzte.

»Debile Maschine!« knurrte er und versetzte dem rot lackierten Kasten einen krachenden Tritt.

Irgend etwas im Innern ratterte protestierend. Das grüne Kontrollicht erlosch flackernd. Eine rote Warnlampe zuckte auf, etwas zischte furchterregend – und ein Kunststoffbecher rutschte in den Ausgabeschlitz.

Aromatischer Kaffeeduft verbreitete sich.

»Warum nicht gleich so«, murmelte Glough und nahm den oberen Rand des gefüllten Becher zwischen die Fingerspitzen. Der Kaffee war wie immer brühheiß. Er ging zu seinem Platz zurück und hatte sich kaum gesetzt, als einer der Monitoren zum Leben erweckte und mit einem akustischen Signal seine Aufmerksamkeit forderte.

Er stellte den Becher vorsichtig ab.

»Ja?«

Auf dem Schirm stabilisierte sich das Gesicht eines tiefgebräunten Mannes mit zusammengewachsenen Augenbrauen. Eine Art Kapitänsmütze hing ihm weit im Genick, sie war fleckig und zerknittert. Hinter ihm war ein Teil des Kabineninneren zu sehen; hin und wieder liefen noch weitere Besatzungsmitglieder durch das Bild.

»Container-Carrier ESTELLA. Partikulier-Kapitän Assumpta. Befinden uns im Anflug. Sollen einen Container für Choozen-Export abholen.«

»Richtig«, bestätigte Glough halblaut. »Container Nummer 2347 Schrägstrich 14. Ihr seit früh dran.«

»Nur der frühe Vogel fängt den Contai … eh, Wurm.«

»Bei allen Teufeln!« entfuhr es Glough verblüfft. »Ein Skipper mit Ambitionen. Woher hast du solche Weisheiten?«

»Von meiner Großmutter.«

»Wer's glaubt …«

Der Carrier-Eigner grinste.

»Ich kann sogar lesen und schreiben. – Hey, Mann!«
»Ja?«
»Tust du mir einen Gefallen?«
»Worum geht's, Skipper?«
»Du könntest den Container schon auf die Plattform dirigieren. Würden dadurch verdammt viel Zeit sparen.«
»Ihr habt's wohl eilig?«
»Stimmt! Unser Terminkalender ist voller als Alien-Town am Wochenende. Diesen Auftrag haben wir nur dazwischengequetscht, weil uns die Galax-Jongleure von Choozen-Export händeringend darum baten.«
Jon zuckte mit den Schultern. Er sah überlegend auf die Monitorfläche. An und für sich hätte er dem Ansinnen des Carrierkäptens entsprechen können, wäre da nicht das klitzekleine Problem gewesen, daß sich der Container nicht auf Lager befand, wie sein Gesprächspartner offensichtlich annahm, aus welchen Gründen auch immer. Vermutlich wurde er gerade in diesem Augenblick rund 6300 Lichtjahre von Sol entfernt auf einer der unzähligen Transmitterplattformen von Trade City plaziert.
»Du tätest uns wahrhaftig einen großen Gefallen«, drängte Assumpta und hielt die Hand hoch; ein zu einem Streifen gefalteter Hundert-Galax-Schein steckte zwischen den Fingern.
Jon sah Assumpta lange und eindringlich an.
»Nicht so eilig, Skipper«, sagte er schließlich mit mildem Tadel. »Du solltest wissen, wie so etwas läuft, oder? Ich brauche die Bestätigung von Choozen-Export, daß du berechtigt bist, den Container in Empfang zu nehmen – abgesehen davon, daß ich überhaupt keinen Einfluß auf dessen Erscheinen habe. Er ist für zwei Uhr dreißig avisiert, er wird keine Sekunde früher aus der Transmitterstraße auftauchen. Und, Skipper!«
»Ja?«

»Irgendwann mal wirst du an den Falschen geraten mit deinen Bestechungsversuchen ...«

Assumpta war sichtlich peinlich berührt. »Hmmph ... War dumm von mir, Mac. Okay, wir brauchen noch ein paar Minuten, ehe wir längsseits kommen.«

»Keine Eile, Skipper.« Jon nahm den Kaffeebecher wieder in die Hand und unterbrach die Verbindung.

Zwei Uhr vierundzwanzig ...

Über die Monitoren verfolgte Jon Glough die Manöver der ESTELLA, einem Transport-Shift der Kategorie ASHIGURA, die sich jetzt im grellen Flutlicht ganzer Batterien schwebender Hochleistungslampen der Gebäudefront des Galactic Trade Centers näherte, eine Hundertachtziggrad-Wendung vollführte, sich rückwärts auf die ihr zugewiesene Plattform schob und schließlich zum Stillstand kam. Die sieben Meter breite Transportgabel im Heckbereich zeigte genau auf das Rolltor.

Zwei Uhr siebenundzwanzig ...

»Okay«, meldete sich der Kapitän der ESTELLA erneut über den Schirm. »Wir sind soweit. Bereit für den Datentransfer?«

Jon nickte.

Nur Sekunden vergingen, dann rollten vor ihm die Daten über den Monitor. Er verglich sie mit den von Choozen-Export eingeloggten Informationen, die in einem separaten Dialogfenster auf dem gleichen Schirm standen. Sie deckten sich. Alles in Ordnung.

Ohne hinzusehen betätigte er eine Schaltung; das große Tor hob sich.

Zwei Uhr dreißig ...

Auf der von seinem Standpunkt aus am weitesten links gelegenen Transmitterplattform flammte wie eine überdimensionale Kerzenflamme ein orangerotes Licht auf, das für Sekundenbruchteile von den Hallenwänden reflektiert wurde, ehe es in ein ruhiges Weiß überging und verlöschte. Und gleichzeitig mit dem Erscheinen des Containers schrillten die Warnsirenen in der Transmitterstation aus sämtlichen Akustikfeldern.

»Alarm! Explosionsgefahr für den Transmitterraum! Alarm …!«

Noch während die Warnautomatik plärrte, beulten sich die Seiten des Containers nach außen und verformten sich. Mit häßlichem, überlautem Krachen barsten Sicherheitsbeschläge, flogen Halterungen davon. Flammenzungen durchbrachen die Wände – und eine tobende Explosion zerfetzte den ganzen Container in metallene Fragmente. Aber ehe es zu einer wirklichen Katastrophe kommen konnte, hatte längst ein ausgeklügeltes System von Notfallautomatiken um den Explosionsherd einen kugelförmiger Paratronschirm gebildet, der nichts von der Detonation nach draußen dringen ließ. Die Scanner der Sicherheitssyntroniken in den Wänden der Transmitterhalle hatten den Zündimpuls überlichtschnell angemessen, ausgewertet, die Wirkung der Sprengladung bestimmt und daraufhin die Energiedichte der Paratronschirmblase festgelegt. Ein energetischer Schlauch bildete sich und saugte neben der Luft auch die expandierenden Explosionsgase nach draußen, wo sie wirkungslos verpufften. In der Blase erstarb das Feuer im absoluten Vakuum erst nach einer Weile. Minuten später war nur noch das Flirren der Luftaustauscher zu vernehmen, die die Atmosphäre in der Halle mit Frischluft anreicherten.

Jon Glough starrte wie gelähmt auf die schwelenden Trümmer, die, vom Explosionsdruck gegen das Eindämmungsfeld gepreßt, in einem genau abgegrenzten, konzentrischen Kreis auf der Transmitterplattform lagen. Litt er unter Halluzinationen oder was sonst hatte er gesehen? Aber das Bild einer sich in dem wabernden Glutball windenden Gestalt hatte sich auf seiner Netzhaut unauslöschlich eingebrannt. Und in seinen Ohren klang noch immer das hohe, infernalische Kreischen, das fast menschlichem Schreien glich.

»Himmel!« flüsterte er entgeistert. »Was war denn das …?«

Dreißig Minuten später, um drei Uhr morgens, war rund um das GTC der Teufel los.

Der automatische Alarm hatte alle erreichbaren Systemspezialisten und Manager des Galactic Trade Centers sowie die städtische Polizei Terranias auf den Plan gerufen. Die Krähennester der Landeplattformen auf den umliegenden Stockwerken waren von schweren Polizeigleitern okkupiert. In der Transmitterhalle patrouillierten Polizisten; die Männer trugen schwere Zweihandstrahler.

Während sich die Sprengstoffexperten um die Überreste des Containers auf der Transmitterplattform scharten, befragten Verhörspezialisten die Besatzung und den Käpten der ESTELLA. Dann nahm man sich Jon Glough vor.

»Wie war denn das Ganze eigentlich?« erkundigte sich der Einsatzleiter, ein drahtiger Neunzigjähriger, der sich Glough als Kuzui vorstellte.

Glough berichtete, wobei er sich bewußt war, daß eine elektronische Aufzeichnung von dem Gespräch angefertigt wurde. Er erzählte wahrheitsgemäß, was sich abgespielt hatte und verschwieg auch nicht seine persönlichen Eindrücke über das, was er im Explosionsherd zu sehen geglaubt hatte.

»Ich verstehe.« Der Einsatzleiter legte die Finger aneinander und runzelte die Stirn. Seiner Miene war zu entnehmen, daß er kein Wort glaubte; der Ausdruck auf den Gesichtern der anderen war nahezu identisch. »Okay«, sagte abschließend. »Für den Augenblick ist es genug. Wir sehen uns in zwölf Stunden in meinem Büro wieder. Das Protokoll muß von dir unterschrieben werden.«

Er ließ den Dispatcher stehen und ging wieder hinunter zur Transmitterplattform, wo seine Leute noch immer mit dem Sichten der wenigen Überbleibsel beschäftigt waren.

»Was gefunden?« erkundigte sich Kuzui beim Senior-Tech, der mit seinen Geräten hantierte.

Der Mann hob die mageren Schultern.

»Kaum der Rede wert. Bei dem verwendeten Sprengstoff auch kein Wunder.«

»Versuch mal einen DNA-Scann«, forderte Kuzui.

»Was ...?«

»Tu einfach, was ich sage.«

»Wonach soll ich suchen?« sperrte sich der Tech.

Kuzui seufzte. Dann informierte er ihn über Gloughs Vermutung.

Der Tech verdrehte die Augen. Schließlich nahm er den Scanner in die Hand, tippte ein paar Einstellungen auf der Sensortastatur, und führte ihn dann dicht am Boden über die Explosionsstelle. Nach einer Weile stieß er einen Laut aus, der sich anhörte wie: »Aaaah ...«

»Was ist los?« Kuzui knackte mit den Fingerknöcheln.

»Da gibt es etwas. Aber ich bin mir nicht sicher.«

»Drück dich gefälligst deutlicher aus!« befahl Kuzi und blickte dem Tech über die Schulter. Auf dem Monitor des Scanners flimmerte eine Reihe von Zahlen und Formeln. »Was ist das?« fragte er. »Warum blinkt das Ding so?«

»Da ist etwas. Verdammt, der Mann hatte recht!«

Es entstand eine unheilvolle Pause.

»Menschlich?« fragte Kuzui schließlich.

Der Tech zuckte wieder mit den Schultern, während er für seinen Chef nach einer einfachen Erklärung suchte.

»Sagen wir: organisch.«
»Genauer geht's nicht?«
»Nicht mit meinen Mitteln.«
Kuzui überlegte keine Sekunde.
»Hört alle zu!« sagte er laut. »Stoppt die Arbeit. Hier müssen Spezialisten herangezogen werden. Bis dies geschieht, wird niemand mehr diese Transmitterhalle betreten.«

Die Meldung von der Explosion in der Transmitterhalle des Galactic Trade Centers erreichte zusammen mit den ersten Ergebnissen der Sprengstoffexperten der Metropolitan-Polizei über die üblichen Kanäle die Syntronik der LFT-Operative Terrania um sieben Uhr siebzehn morgens. Sie gingen den vorgeschriebenen Weg und lagen um acht Uhr zehn Derek Prodan vor, dem Leiter der Operative.

Der las die Mitteilungen, die ihm die Syntronik auf einem Holodisplay generierte, runzelte nachhaltig die Stirn und trank geistesabwesend vom frisch gebrühten Kaffee.

Laut fluchend stellte er die Tasse zurück und sprang auf. Er hatte sich den Mund verbrannt. Dann aktivierte er das Intercom.

»Serif soll kommen.«

Serif war Prodans Stellvertreter, Syntronfachmann und Ratgeber, wenn es um schwierige Fragen ging. Diese Meldung verursachte Schwierigkeiten, soviel sah Prodan schon jetzt.

»Was hältst du davon?« empfing er den Ferronen und deutete auf das Display.

Serif studierte schweigend die Datei, dabei schürzte er die Lippen wie ein gescholtenes Kind. Die Daten rollten über den Schirm. Hin und wieder hielt er den Informationsfluß an, um ein besonderes Detail zu studieren.

»Verdammter Mist!« sagte er schließlich mit tiefer Inbrunst.

»Dem kann ich mich nur anschließen«, bekräftigte Prodan. »Ausgerechnet jetzt! Das bedeutet Schwierigkeiten für uns. Wenn ich an das letzte Beinahe-Debakel denke, wird mir übel. Daß diese extremistischen Wirrköpfe sich aber auch immer ausgerechnet extraterritoriale Schauplätze für ihre Scharmützel aussuchen müssen ...!« Er legte die Finger zu einer Pyramide zusammen und nahm die Unterlippe zwischen die Zähne.

»Was wirst du tun?« erkundigte sich der Ferrone nach längerem Schweigen.

Sein Chef hob die Schultern. »Was gibt es da noch zu überlegen! Geben wir die ganze verdammte Sch... Sache weiter. Oder bist du anderer Meinung?«

Serif war nicht anderer Meinung.

Und so gingen die Informationen ihren Weg und erreichten noch am frühen Vormittag das Büro der Ersten Terranerin. Dort beschloß Koka Szari Misonas Vertreterin nach kurzer, nur dreißig Minuten dauernden Beratung mit einer Reihe von Ressortleitern, die HQ-Hanse mit einzubeziehen.

3.

Die Hanse hatte in knapp 20 Minuten einen Auftrag mit einem Volumenrahmen von 300 Millionen Galax verloren. Und das unwiederbringlich, wie es aussah. 300 Millionen Galax waren eine Menge Geld, auch für ein galaxisweit operierendes Unternehmen, wie es die Kosmische Hanse darstellte.

Man konnte es drehen und wenden wie man wollte, der Tag fing nicht sonderlich gut an. Überhaupt nicht gut, fand Homer G. Adams.

Mißgestimmt blickte er auf das holographische Display, das vor ihm über der Platte seines Arbeitstisches schwebte. So wie es aussah, würde nun ein interstellares Firmen-Konsortium von der Eastside der Milchstraße die Errichtung der Atmosphärenfabriken für die Terraforming-Kolonie auf Lygnus 10 übernehmen.

»Einmal aufgestanden, ist der ganze Tag im Eimer«, murmelte er übellaunig.

Daß in diesem Augenblick das Interkom – unaufdringlich zwar, aber dennoch hartnäckig – summte, war nicht dazu angetan, seine Laune wesentlich zu bessern. Eine senkrechte Falte erschien über seiner Nasenwurzel.

»Ja?«

Die Syntronik öffnete im Holo ein Dialogfenster. Eine junge Frau – eine der vielen Assistentinnen aus dem Labyrinth seiner Vorzimmer – blickte ihn an.

»Dr. Lodon möchte mit dir verbunden werden, Homer.«

»... bis daß der Tod uns scheidet!« Als er ihren leicht verständnislosen Blick sah, meinte er sarkastisch: »Kein Grund zur Besorgnis, Kindchen. Nichts als eine Redensart aus einer längst vergangenen Zeitepoche. Gib ihn mir!«

Eine verwirrte Assistentin verschwand vom Schirm. An ihre Stelle trat das Gesicht eines Mannes. Die Syntronik erweiterte das Holo, bis Noa Lodon Adams in fast natürlicher Größe gegenübersaß.

»Du bist genau das, was mir nach einer schlaflosen Nacht noch zu meinem Glück fehlt!« bemerkte der Hanse-Chef mit falscher Freundlichkeit.

Lodon grinste spöttisch zurück.

»Keine voreiligen Schuldzuweisungen, Homer. Aber was –«, seine virtuelle Erscheinung beugte sich vor, »– hat dich so fertig gemacht? Du siehst ja ziemlich ramponiert aus. Halt! Sag mir nichts, laß mich raten ...«

»Den Teufel werde ich!« Homer G. unterbrach ihn

mit einer Handbewegung. »Ich habe in –«, er warf einen Blick auf das Statusdisplay, »– zwanzig Minuten eine Konferenz mit ein paar wichtigen Sektionsleitern. Komm also zur Sache!«

Noa Lodon war seit mehr als drei Jahren einer von Adams Sicherheitsberatern. Als langgedienter Hanse-Spezialist war er ein Praktiker par excellence. Natürlich hatten die langen Jahre des pausenlosen Einsatzes ihre Spuren hinterlassen. Die Falten um seine Augen und auf seiner Stirn kündigten davon. Aber trotz seiner weißen Haare umgab ihn noch immer eine Aura der Stärke und Autorität.

»Ich glaube, wir haben ein Problem«, sagte er ruhig, aber mit einem nicht eindeutig zu verifizierenden Unterton.

Adams sah ihn stirnrunzelnd an. »Ein weiteres?«

Lodon nickte ernst.

»Berichte!«

Lodon sprach zehn Minuten lang eindringlich und ohne Floskeln. Knapp schilderte er die Geschehnisse, die sich in der Nacht vorher im Galactic Trade Center ereignet hatten und sagte dann abschließend: »Es ist nicht so sehr die Tatsache, daß offenbar wieder mit einer Welle von Anschlägen verquerer Wirrköpfe gerechnet werden muß, was uns Sorge bereitet. Damit werden LFT und Stadtpolizei fertig. Ein paar Razzien, und die Sache verläuft sich im Sand. Dann wird wieder Ruhe herrschen – mehr oder weniger. Zumindest eine Zeitlang. Was uns Kummer bereitet und unsere Experten Kopf stehen läßt, ist etwas anderes ...« Lodon zögerte. Fast schien es, als fürchtete er sich vor dem, was er zu sagen beabsichtigte.

»Noa ...!« Adams sagte es fast drohend.

Mit einem entschuldigenden Blick fuhr Lodon fort: »Aufgrund einer reichlich verworrenen Aussage des zuständigen Transmitter-Dispatchers, der im Moment der

Detonation eine Gestalt im Explosionsherd zu sehen glaubte, haben die Techniker der Metropolitan dort einen DNA-Scann durchgeführt und ...«

»... und was gefunden?« drängte Adams, als Lodon erneut zögerte.

»Ein schwacher genetischer Impuls war tatsächlich noch aufspürbar.«

»Konnte man den Typus erkennen?«

Noa verneinte. »Reproduzierte, einfach strukturierte Codes. Genaugenommen handelte es sich um geklontes Material.«

Erstaunen machte sich auf Adams Gesicht breit.

»Ein Klon!?«

Noa hob in einer vagen Geste die Schultern.

»Nicht auszuschließen; vielleicht auch nur Bio-Masse. Aber da es ja seit einiger Zeit im Vorfeld der geplanten Kooperation zwischen uns und dem Großen Rat der Akonen für alle Beamten der Legislative eindeutige Vorschriften in Bezug auf ungewöhnliche Vorfälle gleich welcher Art gibt, wurden wir informiert: Der Container hatte als Ziel die akonische Choozen-Export hier in Terrania. Gleich nachdem wir von der LFT über die Geschehnisse unterrichtet wurden, habe ich unsere eigenen Experten losgeschickt. Sie sind noch dabei, die übrigen Rückstände zu analysieren und einzuordnen. Es wurde eine Menge winziger Fragmente sichergestellt, die wohl Nano-Servomechaniken zugeordnet werden müssen, soweit ich die Informationen unserer Wissenschaftler deuten konnte. Was mich irritiert ist, daß die Scanner auch noch Spuren von verdampftem Polymermetall registriert haben.«

Adams starrte Noa hart an. »Moment, Moment! Willst du damit andeuten, daß sich in dem Container ein Droide versteckt gehalten hat?«

»Diese Möglichkeit muß ins Auge gefaßt werden. Die Wissenschaftler sind gerade dabei, mit Hilfe der

Syntrons eine Mustererkennung hochrechnen zu lassen. Sobald ein brauchbares Ergebnis zustande kommt, hörst du wieder von mir, Homer.«

Das Hologramm Noa Lodons desaktivierte sich.

Adams stand auf und stellte sich mit auf dem Rücken verschränkten Händen vor die Panoramascheibe. Vor und unter ihm lag Terrania City im hellen Licht der Morgensonne. Hochstraßen schwangen sich entlang der Gebäudefronten, flossen ineinander über, kreuzten sich in futuristischen Konstruktionen und tauchten in lange Tunnels unter, über die ganze Stadtteile erbaut waren. Von seinem Standort aus konnte Homer deutlich die kühne Gesamtkonzeption der Megalopole erkennen, die untrennbar mit dem Geschick der Menschheit verbunden schien. Zweimal war die Erde total entvölkert worden, aber *die* Stadt war vordergründig davon unberührt geblieben. Sie hatte nichts von ihrer Schönheit verloren.

So sehr Adams sich in den wenigen Perioden der Muße von diesem Anblick fesseln ließ – heute konnte er sich nicht darauf konzentrieren. Der kleine Mann mit dem schütteren Haar und dem verwachsenen Rücken fühlte mehr denn je die schwere Bürde, die ihm die augenblickliche Situation in der Milchstraße auferlegte. Zwar hatte sich die Hanse in der Aufbauphase nach Monos' Herrschaft wieder zu einem der bedeutendsten Industriekonzerne emporgearbeitet. Terra wurde unter seiner – gezwungenermaßen aggressiven – Handelspolitik erneut zum bestimmenden Marktführer in der Wirtschaftszone, die das Solsystem repräsentierte. Trotzdem war ihr durch die Zerstörung der Kosmischen Basare und dem Fehlen entsprechenden Frachtraums viel von ihrem früheren Expansionspotential genommen. Zuviel, um der terranischen Wirtschaftspolitik einen Konjunkturaufschwung zu bescheren. Aufgrund des Verlustes einer immensen Zahl von Raumschiffen zahlte es sich für die Hanse wegen der großen Entfernungen zum gegenwärtigen Zeitpunkt nicht aus, auf jedem noch so entlegenen Markt der Galaxis präsent zu sein. Joint-venture-Unternehmen mit den Marktführern der anderen vier großen Wirtschaftszonen waren deshalb das Gebot der Stunde.

Homer seufzte. Die Last der Verantwortung drohte ihn mitunter zu erdrücken. Die Last, auch zu unpopulären Maßnahmen zu stehen, sie mit dem nötigen Elan voranzutreiben, wie etwa die Kooperationsverhandlungen mit den Akonen, die er – gegen den Widerstand vieler, ob in der LFT oder der Hanse – in Gang gebracht hatte und die in wenigen Tagen hier in Terrania zum Abschluß gebracht werden würden …

»Homer!« Die Kunststimme des Syntrons holte den Hanse-Chef aus seinen düsteren Gedanken. »Die Konferenzteilnehmer sind vollzählig versammelt.«

»Gut. Danke«, sagte er mechanisch. »Ich werde gleich drüben sein.«

Als Homer den Raum betrat, erstarben die Gespräche der sieben Personen, die zwanglos um den runden Tisch verteilt ihre Plätze eingenommen hatten. Nach der knappen Begrüßung eröffnete Adams ohne Umschweife die Besprechung.

»Ich hoffe, ihr habt alle die Unterlagen studiert, die euch vorab zu Kenntnis gebracht wurden. Beginnen wir also. – Heute morgen wurde ich mit der Tatsache konfrontiert, daß uns das Lygnus-Geschäft durch die Lappen ging. Ich wüßte wirklich zu gern, was da geschehen ist.« Er sah auffordernd in die Runde. »Hat irgend einer meiner überbezahlten Führungskräfte eventuell eine Idee, weshalb es dazu kommen konnte, daß nicht wir, sondern jemand anderer den Zuschlag bekam, obwohl mir von allen Seiten versichert worden ist, daß der Deal so gut wie perfekt sei?« Der Sarkasmus des Unsterblichen war nicht zu überhören.

Eli Katseus beugte sich vor. »Schwer zu sagen, was da wirklich vorgefallen ist«, sagte er. Als Direktor der Offshore-Projekte der Hanse verfügte er vermutlich über profunderes Wissen als die anderen am Tisch. Und wenn er sagte, daß er nicht wüßte, was sich da abgespielt hatte, konnte man davon ausgehen, daß er gründlichst recherchiert hatte. Obwohl er sich betont gelassen gab, war es offensichtlich, daß er diesen Verlust sehr persönlich nahm.

»Eli«, sagte Adams ungehalten, »ist das alles, was du zu sagen hast? Du warst es immerhin, der davon schwärmte, daß Lygnus 10 uns einen guten Profit einbringt. Und Profit ist es, was unser Handeln nun mal bestimmt. Das Ganze war, wenn ich's recht bedenke, hauptsächlich deine Idee!«

Was auch zutraf. Ein Jahr lang hatte Eli Katseus eine Investierungsmöglichkeit ausgekundschaftet, ein Multi-Millionen-Galax-Projekt auf Lygnus 10, eines Planeten von insgesamt siebzehn einer Riesensonne in der Westside/North mit einer Methanatmosphäre. Es sollte im Endeffekt eine Atmosphärenumwandlung sowie ausgedehnte hydro-elektrische Kraftwerke und ein großzügig konzipiertes Transport-Kommunikations-System umschließen. Ein fantastisches Geschäft, ohne Frage. Wer immer die Kolonie finanzierte, hatte so etwas wie einen Vorschuß auf langfristige Schürfrechte auf diesem Planeten, ganz zu schweigen von den Gewinnen aus der zu errichtenden Infrastruktur. Eli hatte einen Bericht darüber verfaßt, die hauseigene Hanse-Bank hatte die Lage studiert, und aus diesen ersten Anfängen hatte sich, im Verlauf von Konferenzen, Verhandlungen und Vor-Vereinbarungen ein Konsortium gebildet, eine zeitlich begrenzte finanzielle Partnerschaft zwischen der Kosmischen Hanse, der Munsano Guaranty Trust und Mony Guillermin & Son, einer interstellaren Ingenieurfirma.

Ein ganz normales Projekt. Wenigstens zu Beginn.

Nichts hatte sich in den vergangenen Monaten ereignet, das dieses schöne Ziel hätte in Frage stellen können. Um so überraschter waren dann die Beteiligten auf terranischer Seite, als Lygnus aus heiterem Himmel einer anderen Gruppe den Zuschlag für das Projekt erteilte. Plötzlich waren alle Zwischenberichte, Kostenvoranschläge, Verbesserungspläne und endlosen Konferenzen nur noch Makulatur, nicht mal mehr das Papier wert, auf das sie geschrieben waren.

Katseus kaute auf seiner Unterlippe. »Natürlich war es meine Idee«, antwortete er. »Und es war eine verdammt gute Idee. Deshalb war ich wie vor den Kopf geschlagen, als Ron und Ely ...«, die beiden Top-Manager am Tisch nickten bestätigend, »... mit leeren Händen aus dem Lygnus-Sektor zurückkamen.«

»Da hat jemand ganz gewaltigen Mist gebaut, soviel ist klar«, brachte es Waris Chukor auf den Punkt. »Jemand hat Einsicht in unser Angebot bekommen – und es einfach unterboten.«

Chukor gehörte als Direktor der Außenhandelsabteilung der Munsano Guaranty Trust zu Munsanos engstem Mitarbeiterstab und vertrat bei dieser Konferenz die Interessen der Bank. Er kombinierte berufliches Geschick mit ausgefallenen Neigungen. Seine hemmungslose Jagdleidenschaft führte ihn auf fernen Welten in Abenteuer, von denen sich konservative Bürger nichts träumen ließen. Dank angeborener finanzieller Orthodoxie war er jederzeit in der Lage, diesen und einigen anderen Vergnügungen nachzugehen. Er galt seit einigen Jahren als *der* Experte für galaktische Immobilien.

Eli nickte zustimmend. »Richtig. Alles deutet darauf hin, daß wir hier im HQ-Hanse einen Maulwurf haben, der ganz offensichtlich Zugang zu den Interna unserer Offshore-Projekte hat. Es muß sich um jemand handeln, dem wir seit Jahren vertrauen und …« Er verstummte verbittert, in seinem Gesicht arbeitete es.

»Und keine Idee, wo sich das Leck befindet?« sagte Adams mit fragendem Blick zu Eli Katseus.

»Leider nein. Obwohl einige Agenten darauf angesetzt sind, haben sich noch keine brauchbaren Spuren ergeben.«

»Ist wenigstens bekannt, aus welchen Partnern das Firmen-Konsortium besteht, das uns Lygnus 10 weggeschnappt hat?« grollte Adams. »Wer sind deren Geldgeber?«

Eli starrte unglücklich auf seine Fingerspitzen. »Auch darüber gibt es noch keine gesicherten Erkenntnisse. Aber wir arbeiten daran.«

»Wie schön«, meinte Adams schroff, »daß wenigstens *jemand* daran arbeitet!«

Bis auf Chukor zuckten alle in der Runde vor der implizierten Kritik zusammen.

Erst als das Schweigen ungemütlich zu werden drohte, sagte Adams: »Nun, klammern wir dieses Malheur vorerst einmal aus. Wir haben noch eine ganze Menge mehr zu bereden …«

Pet Yulal verringerte die Geschwindigkeit des feuerroten Gleiters und bog mit brummender Maschine in die geschwungene Auffahrt zum Munsano Mansion ein. Die Straße führte durch eine uralte Parkanlage. Nach der Hitze der sonnendurchglühten Metropole Terrania erschien ihm die Luft unter den dicht belaubten Bäumen wie kühles Wasser.

Langsam glitt das Gefährt auf seinem Prallfeld drei Handbreit über dem Bodenbelag dahin. Die Seitenverglasung stand offen. Bedächtig atmete Yulal ein und aus; die Luft schmeckte nach Sommer und Erde und dem nahen Goshunsee. Der Weg kurvte nach rechts, und sein Ziel kam in Sicht. Das Haupthaus der Anlage wuchs vor ihm auf; das schneeweiße Gebäude war in Form einer mehrstöckigen Stufenpyramide erbaut. Jede Etage des massiven Komplexes besaß umlaufende Terrassen, die mit Sträuchern und kleinen Bäumen bepflanzt waren. Antennen einer Hpyerfunkanlage krönten die Spitze des Gebäudes.

Langsam schwebte der Gleiter auf den Komplex zu. Überall standen schwere Polizeigleiter. Dunkelgraue Schalen mit getönten Seiten- und Frontverglasungen. In einigen saßen Männer. An anderen lehnten sie lässig und betont desinteressiert blickend. Sie gaben sich keine Mühe, die schweren Waffen zu verbergen, die sie unter ihren Jacketts trugen. Ihm fiel auf, daß sie, obwohl sie nicht miteinander zu sprechen schienen, hin und wieder die Lippen bewegten. Amüsiert kräuselte er die Lippen. Cops der Metropolitan-Polizei bedienten sich für gewöhnlich winziger syntronischer Implantate zur Internverständigung. Mit einem sarkastischen Lächeln steuerte er einen freien Platz neben der Freitreppe an, genau zwischen zwei Luxuskarossen; eine trug die Insignien der Hanse, die andere die der LFT. Mindestens ein Dutzend Augenpaare verfolgten den Weg des roten Gleiters, der nun zum Stehen kam.

»Es sind, wie immer, die kleinen Dinge, die das Leben lebenswert machen«, murmelte Pet, »selbst wenn es sich dabei nur um einen freien Parkplatz handelt.«

Er grinste stärker, nahm die Sonnenbrille von den Augen und verstaute sie in der Brusttasche seiner Jacke. Dann öffnete er die Gleitertür und stieg aus dem Schalensitz. Er trug nach der augenblicklich herrschenden Mode ein Sakko ohne Revers, ein saloppes Netzshirt und eine weit geschnittene Hose aus sehr weichem Material, dazu halbhohe Stiefel. Sein Kopf war bis auf den mit Schmuckketten durchflochtenen kurzen Zopf am Nackenansatz fast kahlgeschoren, die Ränder seiner Ohrmuscheln mit breiten Ringen eingefaßt. Trotz seines leicht bizarren Habitus umgab ihn eine Aura verhaltener Gefährlichkeit. Bedächtig schritt er die Stufen zum Portal hinauf, das von einer stilisierten Sonnenscheibe gekrönt wurde.

Ein Flügel der schweren Tür öffnete sich.

Ein hochgewachsener, ganz in Schwarz gekleideter Mann kam heraus, der ihn fast anrempelte und nun eine Stufe unter ihm kurz stehenblieb. Er war stark gebaut, etwa so groß wie er, aber muskelbepackt und breitschultrig. Der Kopf wuchs nahezu übergangslos aus den Schultern. Das bronzefarbene Haar lag glatt wie ein Helm um den Schädel und glitzerte metallisch im Sonnenlicht. Langsam, fast ruckartig drehte er den Kopf und sah ihn aus dunklen kalten Pupillen über die Schulter an. Für Sekundenbruchteile trafen sich ihre Blicke. Pet hatte selten in leblosere Augen gesehen.

Die Musterung löste in ihm tiefes Mißbehagen aus.

Er runzelte die Stirn. »Ja ...?«

Aber da hatte sich der Mann bereits abgewandt und ging wortlos an ihm vorbei.

»Na, dann nicht«, murmelte Yulal achselzuckend, während sich sein Unbehagen seltsamerweise noch verstärkte.

Er betrat die Halle. Sie war hoch, reichte über mehrere Etagen; eine breite Treppe führte hinauf zu einer Galerie im ersten Stock. Unmittelbar nach dem Eingang erhob sich ein massiver Glassitblock, darin eingegossen der Stachelpanzer eines Elfahders. Ein Gemälde von gigantischen Ausmaßen nahm die rechte Wand ein; inmitten einer Sternenlandschaft mit Sonnen und Planeten und kosmischen Nebeln sah man eine menschliche Hand, die eine Echsenklaue mit festen Druck umfaßte. Vor diesem Bild standen bequeme Sessel, in einigen saßen Männer. Männer wie die draußen vor dem Gebäudekomplex. Betont unauffällige Kleidung, unbewegte Gesichter. An der linken Hallenseite waren die transparenten

Säulen von Antigravschächten zu erkennen; ihre Anordnung ließen die Vermutung zu, daß sich unter dem Gebäude noch einige Ebenen befanden. Vor der nach oben führenden Treppe befand sich ein halbrund geschwungenes Empfangspult. Ein technisches Stück Möbel, gespickt mit Terminals, Monitoren und Holodisplays auf den abgeschrägten Pultflächen. Zwei Männer saßen dahinter.

Er ging auf das Pult zu. Es war auffallend still in der Halle. Still und kühl. Er zog seinen IdentChip aus der Jackentasche; er lächelte, als er den beiden Männer seine Legitimation reichte.

Niemand erwiderte das Lächeln.

Einer der beiden hinter dem Terminal, ein breiter Typ mit so wunderschönen irisierenden Augen, daß sie schon von weitem als Implantate zu erkennen waren, nahm den Chip an sich. Er warf nur einen kurzen Blick darauf und schob ihn dann in den Schlitz eines Scanners. Pet Yulal musterte den anderen, weil er nichts anderes zu tun hatte; die Prüfung seiner Identität würde nur Sekunden dauern. Der zweite Mann wirkte selbst im Sitzen riesig. Sein Gesicht zeigte keine Regung. Er hielt einen Datenblock in der Hand und beobachtete den Monitor mit einer Intensität, als ob er eine Sensation erwartete.

Mit leisem Klicken sprang die Legitimation aus dem Scanner. Der Sitzriese nickte, und der andere Mann reichte Pet die Chipkarte.

»Hier.« Es war das erste Wort, das der Hanse-Spezialist auf Munsano Mansion hörte. »Man erwartet dich. Erstes Obergeschoß, Raum achtundzwanzig. Die Türen sind gekennzeichnet.«

Pet wandte sich der Treppe zu. Er stieg die Stufen hinauf. Seine Füße verursachten auf dem hochflorigen Belag kein Geräusch. Von der Galerie des ersten Stockwerkes blickte er in die Halle hinab. Niemand schien sich mehr für ihn zu interessieren. Mit einem Schulterzucken setzte er seinen Weg fort. Er bemerkte eine Tür, die nicht ganz geschlossen war. Flutlichtartiges Kunstlicht drang heraus und ein Schwall hektischer Betriebsamkeit. Er sah die Rücken zweier Männer, die einen wuchtigen Konsolsyntron überprüften; ein nur halb zu sehendes Holodisplay zeigte den Ausschnitt einer Sternenregion, die Pet im Augenblick nicht einzuordnen vermochte, obwohl sie ihm bekannt vorkam.

Den angegebenen Raum fand Pet auf der östlichen Seite. Er berührte die Kontaktleiste; die breite Tür glitt geräuschlos auf.

Er sah sich einem etwa einhundertfünfzig Quadratmeter großen Raum gegenüber, der den Eindruck machte, als ob er Logar Munsano als Arbeitszimmer diente. Kostbare Bilder hingen an den Wänden, und das Mobiliar war nicht jünger als zweihundert Jahre. Ein riesiger Schreibtisch dominierte eine Seite des Raumes; in die spiegelnde Platte waren eine Reihe Monitoren eingelassen. Die Außenwand bestand aus sechs gewaltigen Fenstern, die von der Decke bis zum Boden reichten. Zwei der Fenster waren Schiebetüren, durch die man nach draußen auf die pflanzenbestandene Terrasse gelangte. Vor einem dieser Fenster stand mit dem Rücken zu ihm ein Mann. Jetzt drehte er sich um. Pet sah ein Gesicht, das er vergessen zu haben glaubte. Ein schmales, ausdrucksvolles Gesicht, dessen natürliche Autorität mitunter von einem verkniffenen, sturen Zug gemindert wurde. Im Zeitalter ausgefeilter Implant-Technik war es mehr als anachronistisch, daß er noch immer glatzköpfig herumlief.

Überrascht blieb Pet stehen. Für eine sehr kurze Zeit hatte er mit diesem Mann einige sehr riskante Einsätze an den verschiedenen Brennpunkten der Galaxis durchgestanden. Für die Dauer ihrer Zusammenarbeit waren sie ein unschlagbares Team gewesen. Spezialisten für hoffnungslose Fälle. Ihre Vorgehensweise war vorwiegend unorthodox, und sie bewegten sich meist haarscharf an der Grenze zwischen Erlaubtem und Verbotenem. Aber die Erfolge, die sie erzielten, waren Legende. Als es zu Ende war, verloren sie sich aus den Augen. Er hörte nur noch einmal etwas von ihm, in einem Zusammenhang, der so richtig zu ihm paßte.

Der Mann kam jetzt auf ihn zu …

»Verdammt«, murmelte Pet verblüfft, »was geht hier vor?« Mit allem hatte er gerechnet, nur nicht mit Geo Sheremdoc.

»Du …?« sagte er spröde. Nur langsam wollte die Spannung aus seinem Körper weichen. »Man erzählte, daß du tot bist.«

Geo lächelte, grinste dann breit. »Totgesagte leben länger.«

Pet nickte und holte Atem. »Das ist nicht zu übersehen. Und? Was machst du so?«

Geo hob die Schultern.

»Ich existiere, wie du siehst. Es gibt auch ein Leben nach der Hanse, wenn es das ist, was du wissen wolltest. Mein alter Rang, meine alte Dienststelle – sie gibt es nicht mehr für mich. Ich arbeite jetzt für die LFT, als LFT-Kommissar …« sein Grinsen wurde niederträchtig, »… also als Krisenmanager. Aber schön, dich wiederzusehen!« Impulsiv streckte er Pet die Rechte hin.

Pet ergriff die Hand und drückte sie.

»Wie lange ist das jetzt her?« fragte er. »Zwanzig Jahre?«

Geo warf ihm einen kurzen, prüfenden Blick zu.

»Zweiundzwanzig«, berichtigte er dann und deutete auf einem Sessel vor dem Schreibtisch. »Nehmen wir doch Platz. Was trinkst du?«

»Danke, nichts.«

Pet setzte sich und betrachtete den ehemaligen Partner, als dieser hinter dem Arbeitstisch Platz nahm. Er hatte sich keine Spur verändert, wirkte sogar jünger, wie er fand. Geo Sheremdoc war etwas über einsachtzig groß und durchtrainiert, eine straffe, sehr diszipliniert wirkende Erscheinung. Ein Mann mit einer fast brutalen Kompetenz, die er vor allem jene spüren ließ, die sich hinter Vorschriften und Paragraphen verschanzten.

»So, so. Krisenmanager. Beamter also ...«, Geo verzog schmerzhaft das Gesicht, »... und welche Krise managt du gerade jetzt?«

»Welche wohl«, erwiderte Geo. »Ich nehme an, du hast deine Instruktionen?«

Pet nickte stumm, obwohl er genaugenommen noch keine Instruktionen bekommen hatte. Bis auf eine.

Dem Ratsmitglied des akonischen Handelsministeriums darf in Terrania nichts geschehen.

Absolut nichts.

Das war einfach und klar.

So klar, wie es Pet liebte.

Aber einfach? Das mußte sich noch herausstellen.

Vor achtundvierzig Stunden gelangte eine weitere Androhung in die Hände eines der engsten Berater Koka Szari Misonas und von dort aus weiter zu Homer G. Adams. Zu einem Zeitpunkt also, als nicht mehr als neun Personen wußten, daß der Kytan zusammen mit der Ersten Terranerin und dem Chef der Kosmischen Hanse vor der Unterzeichnung des Kooperationsvertrags im Handelsministerium hier auf Munsano Mansion zwei Tage verbringen wollte! Zwei Tage, die absolut privat bleiben und ausschließlich persönlichen Gesprächen vorbehalten sein sollten. Nicht mal die Medienvertreter von Top News Terra waren zugelassen ...

... Munsano Mansion wird für Kytan ay Marunochy zur tödlichen Falle.

»Und was ist dein Status?«

Geo sah ihn einen Moment lang mit gerunzelten Brauen an. Schließlich sagte er: »Als Vertreter der Regierung bin ich dafür verantwortlich, daß dieser – hm – Besuch auf Munsano Mansion ohne Komplikationen verläuft. Deshalb haben wir unsere Vorkehrungen getroffen.«

Pet lehnte sich zurück und betrachtete eine Weile seine Stiefelspitzen. »Wer ist alles hier im Haus?«

»Niemand von den ursprünglichen Bewohnern. Wir haben alle ausgetauscht.«

Pet nickte verstehend. »Wieviel Personen sind es?

»Das Hauptgebäude gehört zur Sicherheitszone Eins. Bis zum Eintreffen der akonischen Delegation mit Misona und Adams sind es dreizehn. Und meine Wenigkeit.«

»Also vierzehn. Könnte ich die Dossiers der anderen sehen?«

»Gibt es einen besonderen Grund für dein Anliegen?«

»Reine Neugierde.«

»Du willst also nur wissen, wer alles hier herumläuft?«

Wieder nickte Pet. »Wird Munsano zugegen sein, wenn Misona, Adams und dieser Kytan hier lustwandeln?« fragte er beiläufig.

Geo schob ihm einen Datenblock zu.

»Ist so vorgesehen, laut seinem Medienberater. Dieser Treff macht uns Sorgen. Es ist und bleibt eine Wahnsinnsidee! Es gibt so viele Orte, die einwandfrei zu sichern sind ... Aber nein, Munsano offeriert Misona und Adams sein Luxusrefugium für die Dauer von zwei Tagen als Erholungsaufenthalt für den Senator des akonischen Handelsministerium, und die beiden sind einverstanden. Gerade Munsano – ich begreife vor allem nicht, daß sich die Akonen darauf eingelassen haben!«

Pet nahm den Datenblock und begann, während Geo weiterredete, die Dossiers abzurufen. Er konnte die Bedenken des LFT-Krisenmanagers nachvollziehen.

Logar Munsano hatte seinen Sohn Shim auf dem Planeten Manthor verloren. Der junge Absolvent der Militärakademie war vor sechs Jahren bei einem Überfall der Akonen auf diesen taktischen Außenposten der LFT ums Leben gekommen – und mit ihm siebzehn weitere Kameraden. Ein Schiff der Hanse hatte den automatisch abgesetzten Notruf empfangen und sich sofort auf den Weg gemacht; es hatte lediglich einen Überlebenden an Bord holen können. Der Große Rat hatte zwar sein Bedauern über den Vorfall ausgedrückt, sich aber als nicht zuständig erklärt. Den Überfall habe eine radikale Gruppierung unternommen, die sich jeglicher Einflußnahme seitens der akonischen Regierung entzog. Die LFT hatte geschwiegen.

Ausgerechnet Munsano hatte nun die Einladung ausgesprochen. Eine Einladung, der sich Misona und Adams schlecht entziehen konnten. Der Wirtschaftstycoon war im Solsystem einfach zu mächtig. Er kontrollierte mit seinem Finanzimperium, das er um die *Munsano Guaranty Trust* herum aufgebaut hatte, ein Achtel des Geldmarktes, und dazu bediente er sich Mittel, die mitunter hart am Rande oder schon jenseits der Legalität angesiedelt waren. Er wäre in der Lage, Terra in eine Krise zu stürzen. Er hätte nur ein paar Aktien zuviel an die stellaren Börsen zu werfen brauchen. Die Folge wäre in vielen Industriezweigen Massenarbeitslosigkeit gewesen – nicht nur im Solsystem. Und so ganz nebenbei wäre vermutlich die gemeinsame akonisch-terranische Handelskooperation ins Wasser gefallen. Munsano kontrollierte mit seiner Zweigniederlassung auf Olymp ein halbes Dutzend der wichtigsten Zulieferfirmen der akonischen Raumfahrt.

Nein. Weder die Erste Terranerin noch der Chef der Hanse hatten Munsanos Einladung ablehnen können.

Pet verwandte exakt eine Minute auf jedes Dossier und prägte sich jedes Gesicht auf den Holos ein. Als die letzte Seite über das Display rollte, fand er das Gesicht des Mannes, der ihn bei seiner Ankunft auf der Freitreppe fast angerempelt hatte. Sein Name: Goph Pyun. Ihm oblag merkwürdigerweise keine bestimmte Aufgabe. Aus dem Dossier ging auch nicht hervor, wer ihn angefordert hatte oder wem er unterstand. Ein unbeschriebenes Blatt also – und gerade deshalb ungewöhnlich.

»Hast du schon gefunden, wonach du suchst?« Pet bemerkte den forschenden Blick Geos.

»Dieser Pyun ...?« Pet schob Geo den Datenblock hin.

»... ist mit Vorsicht zu genießen«, sagte Sheremdoc.

Yulals Augenbrauen wölbten sich leicht. »Ich höre?«

»Pyun ist Munsanos persönlicher Leibwächter.«

Das erklärte natürlich einiges.

»Aha ... Was ist über ihn bekannt?«

Geos grauen Augen verdunkelten sich. »Wenig. So wenig, wie beispielsweise die Akonen über dich wissen, über mich oder über andere Hanse-Spezialisten. Ich weiß auch nichts über seine Qualifikationen, da ich ihn noch nicht im Einsatz erlebt habe.«

Yulal runzelte die Stirn. Die Erklärung stellte ihn keineswegs zufrieden und verringerte sein Mißbehagen um keinen Deut.

Eine Weile herrschte Schweigen. Dann stand Pet auf. Sachlich fragte er: »Wie sichert ihr das Grundstück?« Er wußte, daß das weitläufige Gelände um Munsano Mansion mit den Tennisplätzen, den drei Swimmingpools und dem langen Stück Strand am Goshunsee die Kollegen von der LFT vor ein paar schwierige Aufgaben stellte.

»Ich habe dreißig Mann zur Verfügung, Spezialisten in der Abwehr von Terrorangriffen.« Geo lächelte. Das Lächeln wirkte fast eine Spur herablassend. »Aber die eigentliche Überwachung erfolgt syntronisch. Sie ist lückenlos. Nichts nähert sich dieser – hmm – Luxusherberge, ohne entdeckt zu werden. Falls erforderlich, wird das Gebäude von einem mehrfach gestaffelten Paratronschirm geschützt werden, der undurchdringlich ist. Du kannst dir die Zentrale ruhig einmal ansehen. Sie befindet sich im Tiefparterre.«

Pet winkte ab.

»Ein andermal gern. Was ich wissen wollte, habe ich erfahren. Ich habe auch gesehen, daß Munsano Mansion bei dir in guten Händen ist. Sobald die Delegation des Ratsmitgliedes Kytan in Terrania eintrifft, werden wir uns vermutlich wieder sehen.«

Er verabschiedete sich.

Auf der Rückfahrt in die City überlegte er die ganze Zeit, warum ihn Geos Erklärung über Munsanos Leibwächter Pyun so wenig zufriedenstellte. Es wollte ihm nicht einfallen.

... Munsano Mansion wird für Kytan ay Marunochy zur tödlichen Falle.

Yulal zerbrach sich den Kopf, wer oder was hinter dieser Drohung stehen konnte. Er zerbrach ihn sich schon seit zwei Tagen; seit Almod und er den Fuß auf den Boden Terras gesetzt hatten.

Nachdem er die großen, luxuriösen Villen hinter ihren tadellos gepflegten Gärten verlassen hatte, reihte er sich in den schnellfließenden Verkehr auf der sechsspurigen Avenida Salik ein, die vom Prominentenviertel am Goshunsee in die Innenstadt führte. Er wechselte auf die linke äußere Spur und beschleunigte dann voll.

Zwei schwere Einsatzleiter der Polizei fegten auf der Gegenspur vorbei.

Die Avenida bog nach Süden. Pet griff nach der Sonnenbrille und setzte sie auf. Die tiefstehende Sonne überschüttete die Parkanlagen und Gebäudetürme mit einer verschwenderischen Fülle goldenen Lichtes und schuf scharf abgegrenzte Schlagschatten.

Die KomAnlage des Gleiters zirpte.

Auf den Terminal des Verkehrsleitsyntrons stabilisierte sich das Gesicht Almods.

»Du ...?« wunderte sich Pet.

»Wer sonst? Die Patriarchin von Oooms vielleicht?« Almod grinste ihm vom Terminal an.

»Ich werde dir ...«

»Keine kompromittierenden Bemerkungen, Freund Petjar«, unterbrach ihn der Hanse-Spezialist schnell. »Es wird mitgehört. Ich befinde mich hier im HQ-Hanse. Man möchte dich sehen. Große Dinge sind geschehen, beeile dich also entsprechend.« Er unterbrach die Verbindung.

Und während Pet dem Autopiloten das Ziel nannte, fragte er sich, weshalb die Stimme seines Partners von einer unverhüllten Spannung beherrscht gewesen war.

Homer G. Adams verließ dreizehn Stockwerke tiefer den Antigravschacht. Er orientierte sich kurz und ging die paar Schritte über den Korridor bis zu einer Tür, vor der zwei Wachrobots standen; ihre starken Waffensysteme waren aktiviert. Die Tür öffnete sich automatisch, nachdem der Scanner Adams identifiziert hatte; dahinter lag ein kleiner Raum, der, wie er wußte, nichts anderes als eine Hochsicherheitsschleuse darstellte. Wer hier nicht den richtigen Zutrittscode bei sich trug, sah sich binnen Sekundenbruchteilen von einem Fesselfeld gefangen, aus dem es kein Entrinnen gab. Von den vielen sonstigen kleinen und scheußlichen Unannehmlichkeiten ganz zu schweigen, die einem Unbefugten an dieser Stelle das Leben zur Hölle machen würden.

Der Zellaktivatorträger betrat die vollklimatisierte Operationszentrale.

Die Sitzung mit den Leuten vom Offshore-Programm hatte sich über mehrere Stunden hingezogen und war auffallend uneffektiv geblieben. Deshalb war er fast erleichtert gewesen, als Noa Lodon sich erneut meldete und dringend seine Anwesenheit verlangte; inzwischen war es Abend geworden. Ein Begriff, der sich lediglich an den Digitalanzeigen der Chronometer verifizieren ließ; die im fünfundzwanzigsten Stockwerk im inneren Ring gelegene Operationszentrale besaß keine Fenster, sondern war von schattenlosem Kunstlicht erhellt.

Bis auf den noch fehlenden Noa Lodon waren sie zu sechst in diesem Gremium. Bis auf eine Person waren sie Homer bekannt. Alle ausnahmslos Geheimnisträger; drei von ihnen hochrangige Staatsbeamte der LFT. Was immer auch hier in diesem Raum gesprochen wurde, es würde nicht nach draußen dringen. Adams taxierte kurz die etwas bizarre Erscheinung des Unbekannten, bei dem es sich nur um die eine Hälfte des Spezialisten-Teams handeln konnte, das Lodon hinzugezogen hatte, um ein Attentat auf den Kytan während seines privaten Treffens mit ihm auf Munsano Mansion zu vereiteln.

Als der Fremde sich bewegte, sah der Aktivatorträger den geschmückten Zopf dunkler Haare am Hinterkopf. Das mußte Pet Yulal sein; Noa hatte die Namen der an der Sitzung teilnehmenden Personen genannt, als er Adams informierte. Und plötzlich entsann sich der Hanse-Chef wieder. Er hatte den Namen schon einmal gehört, im Zusammenhang mit einem Ereignis, das auf einer Minenwelt namens Agama Vier stattgefunden hatte; sein eidetisches Gedächtnis spulte in Gedankenschnelle alle Fakten dieses Falles vor seinem inneren Auge ab. Yulals Anwesenheit bei dieser Sitzung konnte nur bedeuten, daß Noa Lodon einen Zusammenhang zwischen den Attentatsdrohungen und dem Vorfall im Galactic Trade Center vermutete.

Auf dem Weg zu seinem Platz blieb Homer für einen Moment stehen. »Yulal?« fragte er. »Pet Yulal?«

Der Hanse-Spezialist erhob sich, ergriff die dargebotene Hand und sagte: »Der bin ich.« Man erkannte unschwer, daß er von dem Zusammentreffen mit einem Unsterblichen beeindruckt war.

Homer musterte ihn eindringlich. Dann sagte er: »Bin erfreut, dich kennenzulernen. Wollte ich schon immer mal. Fein, was du da auf Agama Vier geleistet hast. Gut für die Hanse.«

»Daran waren eine ganze Menge mehr Leute beteiligt«, wiegelte Pet ab.

»Ich weiß«, nickte Homer. »Natürlich. Aber das schmälert in keinster Weise deine Leistungen ...«, er fixierte seinen Gegenüber mit gerunzelten Brauen. »Was ist? Nervös?«

»Allerdings.«

»Gibt es einen Grund?«

»Zuviel Prominenz im Raum.«

»Na so was!« Homer lachte kurz. »Mach dir darüber keine Gedanken. Hier sind nur Gleiche unter Gleichen.«

Was im übertragenen Sinne auch zutraf, wie Yulal wußte. Viele Hanse-Spezialisten hatten akademische Grade, wie beispielsweise er selbst. Die wissenschaftliche Ausbildung war es, die sie von Agenten herkömmlicher Art unterschied. Dies und ein ausgeklügeltes, intensives Training, das sie schneller und besser reagieren ließ als jeden Spitzensportler. Die Abwehrorganisation der Hanse hatte noch niemals und zu keiner Zeit Mittelmaß beschäftigt.

»Übrigens, was macht unser verlorener Sohn?«

Pet blinzelte. »Geo? Ich verstehe nicht ...?«

Homer wirkte noch amüsierter. Gelassen sagte er: »*Den* meinte ich eigentlich nicht, sondern jenen Spezialisten, den du – hmm – den ihr auf Agama reanimiert habt. Wie war gleich sein Name?«

Yulal war sicher, daß sein oberster Chef sehr wohl den Namen wußte, aber ihm zum Gefallen antwortete er: »Almod. Er heißt Vernon Almod.«

»Richtig. Almod. Und, was treibt er so? Hast du ihn noch immer unter deinen Fittichen?«

Pet Yulal spreizte die Finger in einer unbestimmten Geste. »Natürlich. Wir sind seit vier Jahren ein Team. Übrigens auch bei diesem Einsatz.«

»Ich kann ihn nirgends sehen ...«

»Er befindet sich noch bei Noa Lodon, wird aber vermutlich gleich auftauchen.«

»Fein.« Adams nickte Yulal zu und nahm seinen Platz ein.

Nur eine Minute später stürmte Noa Lodon in Begleitung von Vernon Almod in den Raum, sein Gesicht war womöglich noch bleicher als sonst. Beide nahmen ihre Plätze ein, und Lodon warf dem Zellaktivatorträger einen Blick zu und nickte.

Adams räusperte sich. »Hiermit eröffne ich die außerplanmäßige Sitzung, die anzuberaumen mir Noa nahegelegt hat. Wie ich höre, liegt möglicherweise eine interessante Entwicklung im Zusammenhang mit der vor zwei Tagen stattgefundenen Explosion eines von Olymp kommenden Containers in der Transmitterhalle des Galactic Trade Centers vor. Noa wird euch darüber informieren.«

»Vielen Dank, Homer. Das Thema dieser Besprechung ist nur vordergründig ein Vorfall, der sich, wie ihr alle den Nachrichten entnommen habt, im GTC ereignet hat. An und für sich nichts, was die Metropolitan nicht selbst zu klären imstande gewesen wäre. Dann hat sich allerdings etwas ereignet, von dem wir annehmen, daß es unmittelbar unsere Interessen berührt. Aber ehe ich näher darauf eingehe, muß ich euch kurz den Hintergrund erläutern.«

Noa Lodon nahm einen Schluck Wasser.

»Laßt mich kurz rekapitulieren: Wie bekannt, soll es in Kürze hier in Terrania-City zwischen der Kosmischen Hanse und dem Handelsministerium des

Großen Rates von Sphinx unter der Federführung der LFT zur Unterzeichnung eines Vertrages kommen, von dem sich Terra und Akon Impulse für eine gedeihlichere Zusammenarbeit in Wirtschaftsfragen versprechen. Nun weiß jeder in dieser Runde, wie heikel, kompliziert und belastet die Beziehungen der LFT mit Akon sind. Deshalb darf es zu keinerlei Störungen kommen. Doch im Vorfeld dieses Ereignisses, das – um mich einmal vorsichtig auszudrücken – nicht überall auf Zustimmung trifft, auch nicht bei den Akonen, wie ich betonen möchte, erhielten wir Informationen, die von einem möglichen Attentat auf den Kytan sprechen. Die Legislative wurde deshalb von uns angewiesen, sämtlichen Vorfällen nachzugehen, die auch nur entfernt den Anschein erwecken, damit im Zusammenhang zu stehen. Die Explosion in der Transmitterhalle des Galactic Trade Centers ist ein solcher Vorfall. Es wird noch zu klären sein, wer hinter der Zerstörung des Containers steckt. Aber das ist im Augenblick nicht unser Thema.«

Er schwieg einen Moment, um dann fortzufahren: »Zwar hat die Explosion den überwiegenden Teil des Inhaltes zu Asche reduziert, aber wir konnten feststellen, daß sich außer seltenen Hölzern, Computer- und Maschinenteilen noch etwas anderes darin befunden hatte. Und dieses ›Andere‹ ist es, was uns Sorgen bereitet. Um es beim Namen zu nennen: Wir fanden DNA-Spuren auf der Transmitterplattform, die nur von Organverbindungen stammen konnten. Zuerst dachten wir, im Container hätte sich ein blinder Passagier versteckt gehabt, der bei der Explosion ums Leben kam. Aber die Ergebnisse der Analysen brachten uns auf eine ganz andere Spur, denn gleichzeitig wurden auch Überreste von Nano-Servomechaniken nachgewiesen, wie sie bei der Herstellung von Semi-Humanoiden Verwendung finden.«

»Na komm schon, Noa«, sagte einer der LFT-Führungskräfte, »du wirst uns doch nicht weismachen wollen, daß irgendeine geheimnisvolle Macht eine Gruppe Androiden-Terroristen nach Terrania einschleusen wollte, um ...«

Noa unterbrach ihn mit einer Geste.

»Obwohl, wie schon gesagt, nur mikroskopische Organverbindungen und winzige Metallfragmente übriggeblieben waren, konnten die Computer unserer Labors daraus eine Simulation hochrechnen – und dies ist das Ergebnis.«

Er schnippte mit den Fingern.

»Syntron, zeige die holographische Rekonstruktion der Aufzeichnung sechs-vier-drei-null in Originalgröße.«

Unruhe entstand, als sich das virtuelle Bild aufbaute.

»Was zum ...« entfuhr es jemanden.

Vor den Männern materialisierte im Holokubus eine massive, nur rudimentär gegliederte Gestalt, deren Größe etwas über einen Meter achtzig betrug; der Kopf saß direkt auf den Schultern, war allerdings nicht ausgebildet, sondern nur angedeutet. Die Syntronik ließ sie in der virtuellen Wiedergabe langsam um ihre eigene Achse rotieren, so daß sie sich den Betrachtern aus allen Blickwinkeln darbot. Lodon ließ einen Lichtzeiger aufflammen, der wie ein Cursor arbeitete. Ein rot leuchtendes Gradnetz legte sich über die Gestalt.

Lodon ließ den Lichtzeiger wandern. »Wie gesagt, viel war von dem technischen Innenleben dieses – hmm – ›blinden Passagiers‹ nicht mehr vorhanden, aber wir konnten mit Hilfe der Syntrons und einiger Daten aus den Archiven doch einiges wieder rekonstruieren. Hier und hier –«, der Lichtzeiger wanderte, und jedesmal wenn Lodon den Sensorpunkt berührte, entstanden in der virtuellen Gestalt winzige Aggregate, »– fanden wir

Mikrogravitatoren, die nach demselben Prinzip wie unsere Gravopaks funktionieren.« Er wanderte langsam um die Projektion herum. »Im ganzen Körper verteilt müssen wir uns syntronische Module vorstellen, die die Arbeit der Muskeln verstärkten. Muskeln aus Polymermetall, wie die Auswertungen des molekularen Scanns ergaben.«

»Ein Klon!« Der Zwischenruf kam von Gus Rumar, einer der Stabschefs der Ersten Terranerin.

Lodon sagte: »Etwas in diesem Sinn. Genauer, wir haben es hier mit einem cantarischen Klon zu tun.«

»Ein sehr interessanter Rückschluß, Noa«, sagte Caloso Doyn. »Vor allem, weil doch jeder hier weiß, daß die Cantaro seit gut fünfzig Jahren in ihre ursprüngliche Heimat zurückgekehrt sind.«

»In die Galaxis Neyscuur – natürlich! Aber wer weiß von uns schon, wie viele geheime Brutwelten noch in unserer Galaxis existieren? Mit diesem verfluchten Erbe werden wir uns wohl noch eine ganze lange Zeit auseinanderzusetzen haben.«

»Vermutlich.« Adams seufzte schwer, dann hob er den Kopf und sah Lodon eindringlich an. »Noa, sag ihnen alles!«

Der Sicherheitsberater blickte die Versammelten lange durch die Holoprojektion hindurch an. Langsam und widerstrebend sagte er dann: »Die Syntroniken kamen einhellig zu dem Ergebnis, daß dieses Ding da«, er deutete auf das virtuelle Bild, »ein Cyborg-Klon war.«

Mit einem Schlag wurde es still im Raum. Man konnte die Klimaanlage wispern hören, während alle über diese Enthüllung nachdachten. Cyborg-Klone waren eine der vielen Spielarten in den Genzüchtungen der Cantaro. Dabei handelte es sich um Multi-Cyborgs, auch Ektopoden genannt, deren Organe auf mehrere Robotsegmente, den sogenannten Satelliten, verteilt waren und vom ›Gehirn‹ wie Soldaten ausgeschickt und befehligt werden konnten.

»Wenn daran etwas Wahres ist«, brach Gus Rumar schließlich die Stille, »könnte sich daraus ein Problem erwachsen.«

»In der Tat, das sehe ich auch so.« Der Hanse-Chef nickte. »Wir dürfen diesen Vorfall also keineswegs aus den Augen lassen, auch wenn sich bis jetzt noch kein Hinweis darauf ergeben hat, daß ein Zusammenhang besteht beziehungsweise bestehen könnte. Vorrang hat natürlich die Sicherheit des Kytan ay Marunochy während der Konferenz hier in Terrania und der zwei Tage in Munsanos privatem Refugium. – Gus!«

»Homer?«

»Habt ihr drüben alles im Griff?« Mit ›drüben‹ war die Administration der LFT gemeint.

»Die Metropoliten-Polizei ist in erhöhter Alarmbereitschaft. Es herrscht Urlaubssperre. Die Hälfte der Beamten sichern alle neuralgischen Punkte in der Stadt. In ihrer Arbeit werden sie von einem Kontingent Raumsoldaten unterstützt. Und unsere eigenen Sicherheitsleute werden Munsano Mansion zu einem Fort Knox des …«

»Bitte keine längst ausgestorbenen Abstraktionen, Gus«, – unterbrach ihn der Hanse-Chef seufzend und fuhr sich mit den Fingern durch die schütteren Haare seines mächtigen Schädels, »wir wissen doch alle, daß du über eine entsprechende Bildung verfügst.«

»… des dreizehnten Jahrhunderts NGZ machen«, beendete Gus Rumar ungerührt seinen Satz.

»Gut. Vertagen wir die Sitzung bis morgen. Ich selbst werde nicht zugegen sein können. Die Erste Terranerin und meine Wenigkeit«, er hüstelte leicht, »werden im Humanidrom mithelfen, ein paar wichtige Gesetze durchzupauken. An meiner Stelle übernimmt Caloso die Leitung. Die Einsatzpläne müssen durchgegangen werden. Dann überlegt euch noch, ob der akonische Botschafter hinzugezogen werden sollte. Und noch etwas: Kein Wort darüber, was uns Noa gezeigt hat. Niemand darf etwas davon außerhalb dieser Runde erfahren. Es würde die Recherchen meiner eigenen Leute aufs äußerste gefährden.«

Homer G. Adams erhob sich und winkte Caloso Doyn zu sich; zusammen gingen sie hinaus.

Noa befahl der Syntronik, das Hologramm des Cyborg-Klon zu löschen. Dann machte er Yulal und Almod ein Zeichen, zurückzubleiben. Er wartete, bis alle anderen den Raum verlassen hatten, ehe er mit den beiden Spezialisten nach draußen ging.

»Ihr beiden geht der Sache im GTC auf den Grund. Haltet Augen und Ohren offen. Kümmert euch um die Exportfirma. Verfolgt die Spuren des Containers zurück. Vielleicht bringt uns das weiter.«

»Okay – Chef«, sagte Almod. »Machen wir uns an die Arbeit.« Und mit seinem feinen Gespür für Dramatik fügte er hinzu: »Exitus Acta Probat. Das Ende krönt das Werk!«

Yulal hüstelte gequält, griff seinen Partner am Arm und zerrte ihn mit sich den Korridor entlang.

Noa Lodon konnte trotz der Situation ein leichtes Grinsen nicht unterdrücken, als er den beiden hinterherblickte.

Zwei Männer mit knappen, beherrschten Bewegungen und Gesten. Hanse-Spezialisten waren weder waghalsige Draufgänger noch hirnlose Kampfmaschinen, sondern Agenten, die es gewohnt waren, Verstand und physische Kraft gleichzeitig in Szene zu setzen.

4.

»Mein Name ist Yulal«, teilte er dem grazilen, dunkelhaarigen Geschöpf mit einem gewinnenden Lächeln mit, das hinter einem funktionell gestalteten Arbeitstisch offenbar das Amt einer Empfangsdame ausübte. »Pet Yulal, General Galactic Insurance, mit Sitz auf Alliance IV.«

»Man erwartet dich?«

Der Ton war geschäftsmäßig, reserviert und kühl. Nichts, was daraufhin deutete, daß sein Lächeln sie beeindruckt hätte.

»Das hoffe ich doch.«

»Seyit Choozen hat sehr enge Terminpläne.« Es klang, als wäre der Hanse-Spezialist von Terranias Müllverwertungsgesellschaft.

»Wie schön für ihn«, meinte Yulal. »Wenn du – äh – Choozen ausrichten würdest, mein Besuch beträfe einen Container, dem vor zwei Tagen ein – hmm – kleines Mißgeschick widerfuhr, wird er mich sicher empfangen. Auch ohne Termin. Wetten?«

Er musterte sie eingehend.

Sie besaß samtbraune Haut und ein Grübchen am Kinn. Der Zug um die klassisch geformten Lippen zeigte zweierlei: einen Hang zur Berechnung und eine Sinnlichkeit, die sie nicht ganz erfolgreich hinter der Maske kühler Reserviertheit versteckte. Jetzt berührte sie einige Sensortasten auf ihrem Terminal und murmelte etwas in ein Mikrophonfeld. Dann zog sie den Datenchip, dessen Informationen ihn als Mitarbeiter einer stellaren Versicherungsgesellschaft legitimierten, aus dem Scanner und gab ihn zurück.

Pet war inzwischen bis dicht vor ihren Schreibtisch getreten, nahm den Duft eines sehr teuren, aber zarten Parfüms wahr, und stützte sich mit der linken Hand leicht auf die Kante. Mit der Rechten nahm er das Schildchen hoch. Halblaut las er: »Stratton. Ist das der Vor- oder Nachname?«

»Meine Schuhgröße«, antwortete sie gelangweilt. »Choozen erwartet dich.« Sie deutete auf eine Tür.

»Danke.« Pet machte zwei Schritte in die angegebene Richtung, dann blieb er, einer plötzlichen Eingebung folgend, stehen und drehte sich zu ihr herum. »Was hältst du übrigens von der Idee, mit mir essen zu gehen?«

»Nicht viel«, wehrte sie mit dem liebenswürdigsten Gesicht der Welt ab, »ich verderbe mir nur ungern den Magen.«

Pet verzog keinen Muskel seines Gesichtes und entschied, den Spott in ihrer Stimme zu ignorieren, während er sich wieder umwandte und auf die bewußte Tür zuging, die sich selbsttätig bei seiner Annäherung öffnete.

Als sie sich mit einem leisem Zischen hinter ihm schloß, befand er sich in einem Arbeitszimmer von etwa dreißig Meter Länge. An seinem Ende stand ein großer Arbeitstisch, von dessen Platte ein Beiboot vom Typ ›Raumlinse‹ ohne Mühe hätte starten können. Der Mann dahinter wirkte aus der Entfernung wie verloren.

Pet blieb abwartend neben der Tür stehen.

Schließlich sagte Choozen: »Worauf warten wir denn, junger Mann?« Seine Stimme drang raumlos aus einem Akustikfeld dicht neben Pets rechtem Ohr.

Der Hanse-Spezialist räusperte sich und rief mit Stentorstimme zurück: »Auf die Space-Jet, die mich abholt!«

»Ich bedauere, aber du mußt dich schon zu Fuß bemühen.«

Pet hob ergeben die Schultern und machte sich auf den Weg.

Seyit ay Choozen, wie sein voller Name lautete, war ein Mann von etwa neunzig Jahren und im Habitus die Personifizierung des aristokratischen Akonen schlechthin. Daß sein Haus über immense Reichtümer verfügen mußte, war offensichtlich. Sein reichgeschmücktes Gewand war von erlesenem Geschmack, wie übrigens die Einrichtung des Raumes auch. Und daß er sich eine menschliche Sekretärin als Vorzimmerdame leistete, unterstrich noch seine herausragende Stellung in der akonischen Aristokratie. Scharfe Linien zeichneten das hagere Gesicht. Das tiefschwarze Haar war im Cäsarenlook nach vorn frisiert, verbarg die hohe Stirn und endete in Höhe der Jochbeine. Männer seines Schlages waren in den akonischen Handelsniederlassungen auf allen maßgeblichen Welten der Lokalen Gruppe zu finden.

Yulal stellte sich kurz vor.

»So, so«, bemerkte Choozen, ohne übermäßige Begeisterung an den Tag zu legen. »Nimm bitte Platz.« Die Augen unter den schweren Lidern drückten Selbstsicherheit, Überheblichkeit und Machtstreben aus.

»Verbindlichen Dank.«

Pet ließ sich in einem reichlich unbequem aussehenden Möbelstück nieder, das sicher noch aus der Gründerzeit des akonischen Reiches stammte. Er verzog das Gesicht.

»Man hält hier wohl nicht viel von Besuchern, oder?«

»Worauf beruht diese Schlußfolgerung?«

»Der Besucherstuhl ist so entsetzlich unbequem.«

Ein winziges Lächeln umspielte den schmalen Mund des Akonen.

»Zu mir kommt man nicht zum Ausruhen! Etwas zu trinken, Yulal?«

Pet nickte angenehm überrascht.

»Neema!«

Ein verkleinertes Abbild von Choozens Vorzimmerdame nahm dicht über der Schreibtischplatte Gestalt an.

»Seyit?«

»Etwas Trinkbares für unseren Gast, bitte.«

»Natürlich, sofort.«

Der Wein, den ein Servicemodul in bauchigen Kelchen kredenzte, war von ausgesuchter Qualität.

»Ich bin beeindruckt«, gestand Pet, nachdem er gekostet hatte. Als Repräsentant eines vergleichsweise kleinen Exportbüros schien der Akone auf keine Annehmlichkeit zu verzichten.

»Das darfst du auch sein«, sagte er und konnte das Gönnerhafte in seiner Stimme kaum verhüllen. »In diesem Wein liegt eine mehr als vierzigtausendjährige Kultur. Er stammt von den vulkanischen Hängen von Teomyr.«

»Wie schön für ihn«, Pet blieb sachlich. »Kommen wir zum Grund meines Besuches.«

Choozen nickte unmerklich. »Ich bitte darum. Du kommst also von der General Galactic Insurance, wenn ich Neema richtig verstanden habe?« Pet konnte sich nicht helfen, aber das Wort *Insurance* klang aus dem Mund des Akonen wie ein obszönes Schimpfwort. »Ich bin mir gar nicht bewußt, daß wir mit dieser Gesellschaft einen Vertrag haben. Aber falls es sich um die Regulierung des entstandenen Schadens handelt, bin ich gerne bereit, die Nummer einer unserer Konten bei der First Merchants Bank hier in Terrania zu nennen. Ich habe bereits eine Aufstellung aller im Container vernichteten Werte veranlaßt. Für alle Fälle.«

»Das ist zwar sehr entgegenkommend«, bemerkte Pet und stellte das Glas zurück, »aber sicherlich verfrüht. Ich gehöre nicht zur Schadensabwicklungsabteilung meiner Gesellschaft.«

»Ach, nein?«

»Ich bin als technischer Ermittler mit der Aufklärung des Containerunfalls beauftragt und besitze weitreichende Vollmachten. Meine diesbezüglichen Legitimationen sind von deiner reizenden Sekretärin bereits überprüft.«

Seyit ay Choozen schloß für einen Moment die Augen, dann legte er die Fingerspitzen zusammen und betrachtete über diese Pyramide hinweg seinen Gast.

»Wie kann ich dir helfen?«

»Um herauszufinden, wann und wo der Container mit der Sprengladung präpariert worden sein könnte – daß es sich um eine vorsätzlich herbeigeführte Sprengung gehandelt hat, haben die Experten der Metropolitan Polizei bereits eruiert –, benötigen wir einen genauen, das heißt lückenlosen Laufplan des besagten Containers. Also, wo seine Reise begann, welche Zwischenstopps eingelegt wurden ... das ganze Drumherum eben. Vielleicht lassen diese Informationen irgendwelche Rückschlüsse zu, geben meiner Gesellschaft einen Hinweis auf den oder die Verursacher.«

»Pah!« Für einen Moment traten die Arroganz und Überheblichkeit des Akonen unverhohlen zu Tage. »Ganz offensichtlich versucht man, dem Hause Choozen Schaden zuzufügen. Oder will das Abkommen zwischen unserem Außenhandelsministerium und der Kosmischen Hanse torpedieren. Es gehört kaum Fantasie dazu, hinter dem Vorfall den Sabotageakt einer arkonidischen Verschwörung zu sehen, die in einer prosperierenden Zusammenarbeit unserer beiden Kulturen nach so langer Zeit des gegenseitigen Mißtrauens Nachteile für die Beziehungen zwischen Arkon und Terra sehen.«

Eine relativ bemerkenswerte Rede – für einen relativ unbedeutenden Ermittler. Es sei denn ..., dachte Pet. Laut hingegen sagte er: »Umgekehrt wird ein Schuh daraus.«

»Wie ...?«

»Verzeihung, eine menschliche Metapher. Sie bedeutet, daß es nicht unbedingt eine arkonidische Verschwörung sein muß. Soviel ich weiß, sind gewisse Gruppierungen innerhalb des akonischen Volkes auch nicht gerade zimperlich bei der Wahl ihrer Mittel, wenn es darum geht, bestimmte Ziele zu verfolgen.«

Die Züge des Akonen wirkten für einen kurzen Moment verärgert, dann hatte er sich wieder in der Gewalt und sagte in konziliantem Tonfall: »Mit Sicherheit gibt es überall in der Galaxis und in allen Kulturen engstirnige Kräfte, politische Wirrköpfe. Auch unser Volk möchte ich davon nicht ausnehmen. Aber ich bin Kosmopolit, fühle und denke als Galaktiker. Politik ist nicht mein Metier. Ich bin lediglich ein kleiner Handelsattaché von einem Hinterwäldlerplaneten. Für mich zählt nur die Arbeit. Ich mag es überhaupt nicht, in die Streitereien rivalisierender Gruppen zu geraten.« Er schwieg einen Moment, wobei sich der ungeheuer selbstgefällige Zug auf seinem Gesicht wieder verflüchtigte. »Aber das ist wohl kaum von Interesse für deine Ermittlungen«, sagte er dann abschließend.

Pet rang sich ein höfliches Lächeln ab und beschloß, Choozen einen Dämpfer zu versetzen.

»Richtig. Wie gesagt, ich interessiere mich vorrangig dafür, welchen Weg der Container genommen hat. Inwieweit Choozen-Export für die Ansprüche Dritter herangezogen werden kann, ist im Augenblick noch nicht relevant.«

»Eh?« Seyit ay Choozen runzelte für einen Augenblick verblüfft die Stirn und bemühte sich um Verständnis.

»Nun«, sagte Pet gleichmütig, »die Explosion atomisierte einen teuren Container, beschädigte die technische Einrichtung und legte für eine geraume Zeit die gesamte Transmitteranlage still. Man kann sich leicht vorstellen, welche enormen finanziellen Einbußen Galactic Trade Center dadurch hinnehmen mußte. Doch das, wie gesagt, nur nebenbei. Man wird zur gegebener Zeit auf das Haus Choozen zukommen.«

Während Pets Worte wurde das Gesicht das Akonen härter und verkniffener. Jetzt knurrte er: »Du weißt, wovon du sprichst?«

Pet nickte gelassen.

Seyit von Choozen überlegte fünfzehn Sekunden lang, dann beanspruchte er seinen Terminal, seine Vorzimmerdame und jemanden aus seiner Rechtsabteilung.

Minuten später schloß sich die Tür hinter Pet, und er stand wieder vor Choozens Sekretärin.

»Hier sind die Laufpläne des Containers sowie eine Aufstellung des Inhaltes«, sagte sie geschäftsmäßig und übergab Pet eine dünne Folienmappe mit Datenträger, »und die Adresse der Sozietät, die Choozen-Export in allen Rechtsangelegenheiten vertritt. Kann ich sonst noch etwas für dich tun?«

»Aber ja, mit mir Essen gehen«, sagte er lächelnd.

»Deine Hartnäckigkeit wird nur noch von deiner Frechheit überboten«, fauchte sie. »Dort ist der Ausgang.«

Die beiden Spezialisten hatten zwei nebeneinanderliegende Apartments in einem Hotel-Tower mit dem schönen Namen Sharia-Hotel nahe des Wirtschaftsministeriums bezogen, die die Hanse für derartige Verwendungen ständig reserviert hielt.

Kaum auf seinem Zimmer angelangt, vertiefte er sich in die dünnen Mappe, die ihn Choozens unnahbare Sekretärin in die Hand gedrückt hatte.

Er fand die Nachricht sofort. Sie war mit einer farbigen Büroklammer an die erste Seite geheftet und enthielt mehrere Buchstaben und eine fünfstellige Nummer. Pet las: Plaza 5-6462.

Ein Lächeln kräuselte seine Lippen; die gute Neema schien doch nicht so unnahbar zu sein, wie sie vorgab. Mit einem Tastendruck aktivierte er den Syntron.

»Eine Verbindung mit ...«, sagte er und gab die Nummer bekannt. Den beiden vorangestellten Großbuchstaben nach gehörte sie zu einem Anschluß in der östlichen

Peripherie Terranias, jenem Bereich, in dem die unzähligen extraterrestrischen Handelsvertretungen untergebracht waren. Lediglich ein paar Straßen vom Sharia-Hotel entfernt.

Auf dem Monitor erschien ein Oszillogram. Eine Kunststimme sagte: »Hier ist der Server von Plaza 5-6462. Ich bin aufnahmebereit nach dem letzten Ton des akustischen Signals.«

Yulal wartete. Dann lud er Neema ins ›The Embers‹ ein. Zeitpunkt: Zwanzig Uhr. Zum Schluß hinterließ er noch die Nummer seines Videophonanschlusses.

Er ließ sich vom Servicemodul einen Drink servieren und widmete sich endlich der Mappe. Laut Ladeliste hatte der Container nichts anderes enthalten als zwei komplett montierte Projektionsköpfe für Gravopuls-Triebwerke, ein paar Kubikmeter syntronische Bauteile von immensem Wert und Edelhölzer aus dem Dschungel Vakkunds, die zur Zeit als Cockpitverkleidungen luxuriöser Gleiter en vogue waren. Sein Weg war verhältnismäßig gradlinig verlaufen: Er stand eine Weile als Leerfracht auf dem Raumhafen eines ziemlich unbedeutenden Systems an der Eastside/North, ehe ihn ein Springer mit nach Vakkund nahm, wo ihn ein Sub-Unternehmer von Choozen-Export mit Edelhölzern belud und über verschiedene akonische Transmitter nach Olymp weiterleitete. Dort wurden die beiden Projektionsköpfe zugeladen, und der Container von Trade-City aus auf direktem Weg nach Terra geschickt.

Nicht sehr ergiebig, das Ganze, fand Pet und starrte mit gefurchter Stirn auf die Druckseiten. Es sei denn ...?

Er sah in seinem elektronischen Notizbuch nach; als er fand, wonach er suchte, ließ er die Nummer vom Syntron anwählen.

Sekunden später stabilisierte sich das Analogon des Kolonisationskommandos; eine Robotstimme sagte: »Archiv. Welche Auskunft wünschst du?«

»Pet Yulal. Alle verfügbaren Daten über den Planeten Vakkund.«

»Die Informationen des Kolonisationsamtes sind geschützte Einträge«, erwiderte die künstliche Stimme. »Ihre Zugangsberechtigung, Sir?«

Pet seufzte. Natürlich, wie konnte er das vergessen. Nachdem er den Code eingegeben hatte, kamen die Daten fast ohne Verzögerung.

Vakkund – einer von vier Planeten der Sonne Cassarax.

Eine Freiwelt im Niemandsland zwischen M 13, M 10 und M 4 gelegen, nahe den Brennpunkten der Krisengebieten des letzten Jahrhunderts. Die Entfernung zum Solsystem betrug nicht ganz einunddreißigtausend Lichtjahre. Der Planet war im 23. Jahrhundert alter Zeitrechnung von terranischen Auswanderern besiedelt worden. In der Zeit, in der Monos die Milchstraße in einen dunklen Ort verwandelte, benutzten die Cantaro den Planeten als Ausbildungslager. Heute setzte sich die Bevölkerung neben den überlebenden Terranern aus einem Konglomerat von Nachkommen anderer galaktischer Völker zusammen. Vakkund war reich an ausgedehnten Wäldern mit exotischen Edelhölzern. Wichtigste Einnahmequelle war jedoch der Umstand, daß der gesamte Planet ein einziges Steuerparadies war. In der Hauptstadt Akana drängten sich die Ableger aller großen Banken der Galaxis, deren Briefkastenfirmen nur zu dem Zweck eingerichtet waren, die Milliarden der potentiellen Anleger dem Zugriff des Fiskus zu entziehen ...

Pet kaute auf seiner Unterlippe.

Vielleicht sollte er dem Querverweis auf die Cantaro nachgehen!

Er parkte die Informationen in einer Datei und aktivierte den Server des Terminals.

»Hallo, Geo!« sagte er, als sich das Hologramm des

Krisenmanagers der LFT auf dem Monitor zeigte. »Von dir hätte ich gerne ein paar Auskünfte über folgende Fakten.«

Pet Yulal sprach konzentriert vier Minuten lang eindringlich und sagte abschließend: »Du rufst mich zurück?«

»Ja. Aber es kann dauern.«

»Macht nichts. Solltest du mich nicht erreichen – meine Mailbox ist ständig online. Danke Geo!«

Sheremdoc trennte wortlos die Verbindung.

Sekundenlang blieb Pet vor dem dunklen Monitor sitzen. Dann stand er auf und ging zum Fenster.

»Öffnen«, murmelte er.

Die Doppelscheibe schob sich halb auf. Pet trat auf die kleine Loggia hinaus. Unter sich konnte er die grünen Baumkronen des kleinen Parks sehen, der sich zwischen der rückwärtigen Hotelfront und dem nächsten Hochhaus erstreckte; aus der Tiefe der Grünanlage kam der Lärm von spielenden Kindern. Es war später Nachmittag. Bis zum Rendezvous mit Neema hatte er ein paar Stunden Zeit. Almod hatte sicher noch auf dem Präsidium der Citypolizei zu tun.

Seine Gedanken beschäftigten sich mit dem Cyborg-Klon, der sich im Container von Choozen-Export verborgen gehabt hatte. Noa Lodon hatte nicht alles über diese sogenannten ›Ektopoden‹ erzählt. Die ›Robotsegmente‹ eines Multi-Cyborg bestanden in der Regel aus mehreren eigenständig operierenden, völlig identischen Handlungseinheiten, die imstande waren, die unterschiedlichsten Aufgabenstellungen wahrzunehmen: so gab es beispielsweise Arm/Bein-Satelliten, die als seelenlose, schmerzunempfindliche Kampfeinheiten operierten, oder ›Augen‹-Einheiten, die als vorgeschobene Beobachter an lebensfeindlichen Orten eingesetzt werden konnten. Geführt wurden sie von einer Haupteinheit, dem ›Gehirn‹, die das Geschehen in sicherer Entfernung optisch direkt am Handlungsort mitverfolgte und die Entscheidungen traf. Im Grunde war ein Multi-Cyborg die pervertierte Version einer Terror-Einheit, die, versehen mit einem unglaublichen Waffenpotential, gleichzeitig an verschiedenen Orten agieren konnte. Wenn es so war, wenn es zutraf, daß jemand einen Multi-Cyborg unerkannt nach Terrania-City einzuschleusen suchte, war ihm dies gründlichst mißlungen. Aber, und jetzt zog ein Schatten über Pets Gesicht, niemand konnte sagen, ob es sich hier um das Hauptmuster oder um einen Satelliten handelte. Und schon gar nicht war die Frage zu beantworten, wieviele dieser Satelliten sich schon auf Terra befanden.

Eine Menge offener Fragen, fand Pet. Er war auf die Antworten gespannt.

Ausgiebig gähnend trat er ins Apartment zurück. Er zog die Jacke aus, schnallte die Waffe ab und verstaute sie griffbereit unter dem Kopfkissen. Dann schüttelte er die Schuhe von den Füßen. Gleich darauf lag er lang, hatte die Hände hinter dem Kopf verschränkt und ließ in Gedanken noch einmal die Ereignisse des Tages an sich vorüberziehen. Für den Anfang war sein Debüt als Versicherungsdetektiv respektive Technischer Ermittler recht mittelmäßig gewesen, fand er. Aber ehe er sich darüber klarwerden konnte, ob er ärgerlich oder enttäuscht sein sollte, war er eingeschlafen.

Zwei Stunden vor diesem Zeitpunkt stand Almod vor dem Metropolitan-Headquarter. Nach seiner Anmeldung beim robotischen Portier gelangte er über eine Flucht von Rolltreppen, Antigravschächten, nüchterner Korridore und einer Flut sinnverwirrender Piktogramme schließlich vorbei an den obligatorischen Wachrobots mit desaktivierten Waffensystemen zu einem Raum im vierzigsten Stockwerk des Gebäudes. Er klopfte an und trat ein, ohne die Aufforderung dazu abzuwarten.

Es war überraschenderweise ein helles freundliches Büro mit ausnehmend praktischer Einrichtung. Ein drahtiger Mann saß hinter dem Arbeitstisch und las etwas von einem Monitor ab. Jetzt schaltete er das Terminal ab und blickte auf.

Almod stellte sich vor und reichte ihm seine Legitimation als Hanse-Spezialist. Die Masche mit einer falschen Identität brauchte er hier nicht anzuwenden.

»Kuzui«, sagte der agile Dienststellenleiter hinter dem Tisch und warf einen flüchtigen Blick darauf. »Womit kann ich dienen?«

»Mein Partner und ich ermitteln im Fall des zerstörten Containers von Choozen-Export.«

»Ich verstehe. Hoffentlich kollidieren dabei nicht unsere gemeinsamen Interessen«, meinte Kuzui, und seine berufsmäßig mißtrauische Polizistenaugen fixierten den Spezialisten. »Aber nimm doch bitte Platz.«

»Wohl kaum.« Almod setzte sich und verschränkte die Hände.

Kuzui sagte: »Was möchtest du wissen?«

»Wie weit sind von Seiten der Stadtpolizei die Nachforschungen nach dem oder die Drahtzieher gediehen?«

Kuzui lächelte dünn. »Wir kontrollieren alle einschlägig bekannten Leute und Organisationen, die dafür in Frage kommen könnten. Bislang ohne Erfolg.«

»Die Täter operierten von hier?«

»Wir gehen davon aus.«

»Was bringt euch zu dieser Erkenntnis?«

Kuzui hob die Schultern, schwieg aber. Für eine Weile waren nur die Lande- und Startgeräusche der schweren Polizeigleiter auf den Krähennestern der Plattformen einige Stockwerke tiefer zu hören.

»Hat man eigentlich den Kapitän des Container-Carriers ESTELLA verhört?« brach Almod das Schweigen.

»Was denkst du?« Die Kerben um Kuzuis Mund vertiefen sich.

»Davon bin ich überzeugt«, stellte Almod klar. Dann fragte er: »Womit hat man den Container eigentlich gesprengt? Gibt es schon irgendwelche Erkenntnisse in dieser Richtung? Wie war es überhaupt zu bewerkstelligen, daß der Container exakt zu dem Zeitpunkt hochging, als er auf der Plattform materialisierte und nicht früher oder später?«

»Beinahe Profi-Arbeit«, erwiderte der Dienststellenleiter sachlich. »Triolyt-Sprengkopf mit einem Polymerisationshemmstoff, um die Explosion auf einen bestimmten Bereich zu begrenzen. Wie gesagt – beinahe. Interessant ist in diesem Zusammenhang der Zündmechanismus. Er war so präpariert, daß er auf den Scanner-Impuls der Datenabfragung durch die Dispatch-Syntronik reagierte.«

»Ah, ja.« Almod zeigte sich beeindruckt. »Ich denke, da braucht man ja nur die Leute befragen, die eine Ausbildung zum Computerfachmann haben ...«

»Mit dem Denken ist's wie mit den meisten guten Freunden: wenn man sie tatsächlich mal braucht, lassen sie einem im Stich.«

»Kluge Worte für einen Polizisten«, sagte Almod anerkennend. »Jetzt hast du's uns Burschen von der Hanse mal so richtig gegeben.«

Um Kuzuis schmallippigen Mund legte sich ein Grinsen, das den Mann auf Anhieb sympathischer werden ließ. »Im Ernst«, sagte er, »gar nicht mal so schlecht, dieser Gedankengang, obwohl es in diesem Fall wahrscheinlich genügt, sich über die Personalabteilung von Choozen-Export eine Aufstellung darüber geben zu lassen, welche diesbezüglichen Fachleute sie innerhalb eines noch festzulegenden Zeitrahmens entlassen haben beziehungsweise feuern mußten, und man diesen Personenkreis dann einer hochnotpeinlichen Befragung durch den syntronischen Lügendektor unterzieht.«

Almod beugte sich interessiert vor. »Abgesehen davon, daß dieser Lügendetektor-Test illegal ist und nicht zur Beweisführung herangezogen werden darf ... Schon einmal daran gedacht, zu wechseln? Wir brauchen immer wieder mal einen besonders guten Mann.«

Kuzui winkte ab.

»Wo könnte es aufregender, abwechslungsreicher und gefährlicher zugehen als in Terrania-City ...?«

Das Videophon summte scharf; Kuzui machte eine Handbewegung, die wohl sein Bedauern über diese Unterbrechung ausdrückten sollte.

»Vermutlich nirgends«, gestand Almod und stand auf.

Ein zweiter Terminal begann zu zirpen.

»... Chef!« kam eine drängende Stimme aus dem Akustikfeld, »die Administration ... der Oberboß möchte dich dringend sprechen.«

»Danke ... keine Ursache«, murmelte Almod. »Ich finde selbst hinaus.«

5.

Die unterirdische Rohrbahn verlangsamte ihre Fahrt, als sie in die Mall Station einfuhr. Selaco erhob sich von seinem Platz. Zusammen mit einer lautstark diskutierenden Gruppe Angestellter aus dem Wirtschaftsministerium drängte er nach draußen. Die Menge der Fahrgäste nahm ihn auf und spülte ihn mit sich fort über die hellerleuchteten Bahnsteige in Richtung der Aufgänge.

Die Wände waren übersät mit Grafitti und Logos. Terranias junge und engagierte Sprayer-Szene war sehr aktiv in der Artikulation ihrer Rebellion gegen das zur Zeit herrschende Kunstestablishment. Dazwischen sah man Parolen des Aktionskreises TDT – *Terra den Terranern* – und von Aktivisten der allgalaktischen Handelsunion. Selaco las Aussprüche wie: BURN HOMER, AKONEN GO HOME oder GUCKY FOR PRESIDENT. Ein verkappter Royalist von Arkon hatte darunter gemalt: VOTE FOR ATLAN!

Selaco ließ sich von schnellaufenden Rolltreppen nach oben zum Ausgang befördern und trat ins Freie. Während sich die übrigen in das frühabendliche Gewühl stürzten, das die Mall Row zu einem Tohuwabohu machte, blieb er stehen und orientierte sich kurz. Hier befand er sich am nördlichen Ende des *Shopping Galaxy*, des größten Einkaufszentrums Terranias, wenn nicht der ganzen Erde.

Er stand eine ganze Weile vor der himmelragenden bronzefarbenen Glassitwand des Gebäudegiganten, die in den Nachtstunden als gewaltige Reklamefläche für Werbeholos diente. Dahinter befanden sich, wie er wußte, auf insgesamt zehn Ebenen mehr als 5000 Geschäfte und mindestens 400 Restaurants, die so ziemlich alles feilboten, was in der Milchstraße gut und teuer war – oder als gut und teuer angesehen wurde. Syntronisch erfaßte zwei Millionen Besucher täglich verhalfen zu einem Umsatz von 50 Millionen Galax.

Einmal hatte er die Tortur auf sich genommen und war mit einem ungeheuer tüchtigen Mädchen aus der Investmentabteilung durch die Etagen des Kaufhausgiganten gezogen. Die Erinnerung daran trieb ihm selbst jetzt noch den Schweiß auf die Stirn. Er zog es vor, seinen Bedarf in den kleinen Läden, Imbißbuden und Kneipen, den Kaffee-Shops und Teehäusern zu decken, die zu Abertausenden in den weitläufigen Passagen zwischen den einzelnen Straßenzügen und auf den unterirdischen Etagen der Rohrbahnen eine eigene Subkultur gebildet hatten. Hier fühlte er sich wohler als in den kunststoffglänzenden, vollrobotischen High-Tech-Läden auf den höher gelegenen Ebenen zwischen den Wolkenkratzern der Megalopole Terrania.

Ergeben seufzend trat er schließlich in die Abendsonne hinaus und bahnte sich seinen Weg durch die Menge an Kauf- und Schaulustigen, die die Mall bevölkerte und von der Straßenflucht in Richtung Altai Avenue kanalisiert wurde.

Aus drei Gründen hatte er an diesem Abend die Rohrbahn nur bis zum Shopping Galaxy genommen, anstatt gleich in sein Apartment zu fahren. Einmal, weil er sich unbedingt das lange Zeit verschollene Standardwerk Frankenheimers *Die Mechanismen der Finanzmärkte in der Lokalen Gruppe* abholen wollte, das ihm sein Buchhändler besorgt hatte. Zum anderen, weil er Lust auf ein paar heiße Nudeln aus der kleinen Garküche von Yoko Tani hatte, die nur wenige Schritte vom Buchladen entfernt lag. Und zum dritten war heute das wöchentliche Treffen mit Freunden im ›Cyberia-Café‹ drüben im Presseviertel.

Während er so eingekeilt zwischen den anderen Passanten seinen Weg nahm, hätte man ihn auf den ersten flüchtigen Blick für einen jungen Studiosus aus den Akademien Terranias halten können. Braungebrannt, mit langen, wehenden Haaren, verträumten Augen und salopper Kleidung. Kein Student, hätte man auf den zweiten Blick feststellen können. Dazu waren die Linien um seinen Mund schon etwas zu hart, außerdem sah man bei genauerer Betrachtung, daß er nicht mehr ganz so jung war, wie es den Anschein hatte. Und seine Kleidung stammte auch nicht gerade aus dem Teleshopping. Tatsächlich war Rip Selaco ein Banker, der nach Abschluß seines Studiums in Wirtschaftsrecht wenig Sinn darin sah, als Anwalt zu arbeiten. Weshalb er vor sechs Jahren als Volontär in die *Munsuno Guaranty Trust* eintrat. Er arbeitete sich durch sämtliche Abteilungen bis zu den Stellarbond-Märkten hoch. Die Direktoren dieser renommierten Bank hatten rechtzeitig in ihm ein Talent gesehen, das es zu fördern galt. Heute stand er als einer der jüngsten Manager dieses galaxisweit bekannten Unternehmens hauptsächlich der Investmentabteilung vor, die dank seines inzwischen erworbenen Wissens als Bilanzanalytiker zum einträglichsten Zweig des Unternehmen geriet.

Im Augenblick dachte Selaco aber weder an Stellarbonds noch an Investitionen oder ähnlich nüchterne Dinge. Seine Gedanken kreisten vielmehr um so profane Dinge wie einer dampfenden Schale *Soba*, jenem würzigen Gemisch aus SimFleisch und grünen Nudeln, mit ein paar Spritzern Shohyu verfeinert, um einem Becher warmen Sake sowie einem ...

Eine Gruppe Jugendlicher, die von hinten auf ihren Gravo-Boards heranbretterten, scheuchte die Passanten zur Seite und holte ihn in die Wirklichkeit zurück. Selaco konnte sich nur durch einen raschen Ausfallschritt vor einem Rempler der gepolsterten Kids retten.

»He, he ...!« entfuhr es ihm protestierend, aber da waren sie schon an ihm vorüber. Er konnte nur noch einen Blick auf das Gesicht des Schlußmannes werfen, der ihn verwegen durch das Schutzgitter seines Helmes angrinste und über die Schulter nach hinten deutete; auf seinem Rückenschild war in gekonnter Airbrush-Manier eine geballte Faust gesprayt, deren Mittelfinger senkrecht nach oben stach.

Für eine Sekunde wallte Ärger in Selaco auf. Dann erinnerte er sich an bestimmte Streiche seiner Jugendzeit und grinste nur breit. Vor ihm setzte der Pulk kühn über eine Absperrung hinweg, glitt einen Viadukt hinunter und war auch schon außer Sichtweite.

Als er zehn Minuten später Menekes' Buchladen erreichte, hatte er den Vorfall schon vergessen. Der Laden stellte nicht wesentlich mehr dar als einen langen Korridor in einer der unzähligen Parterre-Passagen. Rechts vom Eingang lagen ein paar winzige Räume, vollgestopft mit Literatur von allen Plätzen der Galaxis. Im

Hintergrund führten zwei Stufen in einen weiteren Raum, der als Büro diente. Selaco hatte schon etliche Stunden dort mit Teetrinken und langen, tiefsinnigen Gesprächen verbracht. Menekes konnte sich zwar nicht mit den wirklich großen Antiquariaten messen, aber er führte überraschend viel vergriffene Bücher und Zeitschriften. Wenn man etwas benötigte, das seit langem vom Mark verschwunden oder überhaupt nie in größerer Stückzahl gedruckt worden war, dann lohnte es, bei Menekes vorbeizuschauen. In den Regalen waren jede Menge Kästen nebeneinander aufgereiht und bis obenhin gefüllt mit Wissen.

Menekes war ein mittelgroßer, hagerer Terraner mit einem grauen Bart und einer runden, tellerförmigen Mütze auf dem Kopf, die er bösen Zungen zufolge, weder beim Schlafen noch bei anderen Gelegenheiten abnahm. Er brauchte für seinen Laden weder eine Syntronik noch ein anderes, ausgefeiltes Lagersystem. Sein Gehirn glich dem Datenspeicher eines Roboters. Fragte man ihn nach irgendeinem Buch, nach einem Artikel aus einer populärwissenschaftlichen Abhandlung, nahm sein Gesicht einen nach innen gekehrten Ausdruck an. Nach einer Weile sagte er: »Wilsons ›Paradox, Dualismus und die verschiedenen Ebenen der Wahrheit‹? Hmm! Ah! Ja, muß ich haben. Das Ding steckt – laß mich mal überlegen ...« Und er ging in irgendeine Ecke, rückte ein paar Kästen beiseite, wühlte in zweien und zog das verlangte Buch aus einem dritten heraus.

Verfügte er nicht über das Gewünschte, wiegte er den Kopf und sagte: »Muß ich mich darum kümmern.« Und man konnte fast sicher sein, daß er damit Erfolg hatte.

Der Laden war brechend voll mit jungen Leuten, überwiegend Studenten, dazwischen auch ein paar ältere Semester, in denen man an Habitus und Umgangston unschwer verkappte Literaten erkannte. Als Selaco eintrat, blieb er überrascht einen Moment stehen, dann erinnerte er sich, daß es Donnerstag war. Die Vorlesungen an den Akademien der Alma Mater Terranias waren zu Ende, das lange Wochenende stand bevor. Zeit Dinge zu tun, für die man sonst keine Muße hatte.

Menekes stand eingekeilt in der Menge im Hintergrund des Ladens. Als er seiner ansichtig wurde, hob er in einer bedauernden Geste die Schultern und deutete auf die neben dem Eingang befindliche Kasse.

Selaco winkte zurück und wandte sich der jungen Frau an der Kasse zu.

»Selaco«, sagte er. »Menekes hat ...«

»... hat etwas für dich. Ich weiß.« Sie überreichte ihm ein in Folie geschlagenes Päckchen. »Kann ich sonst noch etwas für dich tun?«

»Hm ...«, er überlegte kurz. Sein Blick glitt suchend über den Ständer mit den Zeitungen und Journalen. »Ah, ja! Die TERRANIA CHRONICLE.« Er würde sie zwar morgen in seiner syntronischen Mailbox vorfinden, aber hin und wieder zog Selaco es vor, in einer wirklichen Zeitung zu blättern.

Er legte das Geld hin und warf einen Blick auf die Schlagzeilen. Dann steckte er das Buch in die rechte Tasche seiner weiten Jacke, faltete die Zeitung längs in Spaltenbreite, klemmte sie sich unter den Arm und ging.

Von Menekes Buchladen aus schlenderte er in der zunehmenden Dunkelheit durch das Altai-Viertel zur Avenue Bester hinüber. Linker Hand erhoben sich die kühnen, hundertzwanzig Stockwerke hohen Riesenkathedralen, die das Stellare Handelszentrum, das Galactic Trade Center sowie die Administration der LFT kennzeichneten. Die oberen Stockwerke lagen noch im vollen Sonnenlicht, während in den unteren Fluchten bereits die Lichter aufflammten. Das Feuerwerk der Xenonreklamen machte aus den noch tiefer liegenden Straßenschluchten bunte Märchenlandschaften.

Nach wenigen Minuten bog Selaco in eine Seitenstraße ein.

Die Passagen, Durchgänge und Patios füllten sich mit Bars, mit Souvenirläden und Kaffee-Shops, Tanzklubs, Restaurants und winzigen Garküchen, die manchmal nur aus einem fahrbaren Untersatz und ein paar dampfenden Kesseln bestanden. Der Lärm unzähliger Stimmen, das Durcheinander verschiedener Musik, das beginnende nächtliche Treiben der Vielmillionenstadt Terrania, all das hüllte Selaco ein – und er fühlte sich wohl dabei. Hier konnte man alle Sauerstoff atmenden Rassen der Lokalen Gruppe in ihren unterschiedlichen Erscheinungsformen treffen. Hier schlug das Herz der urbanen Kultur.

Ein grüner Papierlampion am Ende einer kleinen, überfüllten Plaza wies Selaco den Weg zu Tanis Garküche. Ein babylonisches Sprachengewirr herrschte. Musik aus vielen Audiofeldern verschmolz mit dem SingSang zuckender Werbeholos. Es duftete nach Blumen und Kräutern und Essen. Ständig Entschuldigungen murmelnd drängelte er sich durch die quirlende Menge, umrundete eine Skulptur aus vier schwebenden Sylphen, deren verborgener Antrieb sie um eine Wasserfontäne tanzen ließ, und nahm aufatmend an einem der kleinen Tische Platz, von dem er einen ausgezeichneten Blick über die Plaza hatte. Er bestellte seine Schale *Soba* und aß genüßlich das heiße Gericht bis zur letzten Nudel. Gesättigt lehnte er sich zurück. Er genoß diesen Zustand des zufriedenen Müdeseins nach einem arbeitsreichen Tag, trank in kleinen Schlucken vom Sake und widmete sich den Zeitungsberichten.

Rasch überflog er die Schlagzeilen der ersten Seite, die sich über eine halbe Seite hinweg mit dem geplanten Besuch der akonischen Handelsdelegation auf Terra auseinandersetzte, die auf Betreiben der Regierung und der Hanse zustande gekommen war. Wie der Kommentator betonte, wolle man nach Jahrzehnten des gegenseitigen Konkurrierens auf den galaktischen Märkten, das mitunter mit sehr harten Bandagen ausgefochten wurde, nun eine Zeit der Kooperation einläuten. Die andere Hälfte berichtete von einer Explosion in der Transmitterstation des Galactic Trade Centers, auf die man sich bei der GTC noch keinen Reim machen konnte. Ganz unten las er eine Meldung, wonach Homer G. Adams zusammen mit der Ersten Terranerin noch in dieser Woche vor dem Galaktikum für die Aufhebung gewisser Steuerprivilegien auf den Freiwelten plädieren würden. Wie der Kommentator aus ›gesicherter‹ Quelle zu berichten wußte, zeichnete sich schon im Vorfeld der Abstimmung eine Mehrheit für dieses Gesetz ab …

Selaco blätterte weiter.

Einem viertelseitigen Artikel entnahm er, daß es am Vortage in der Bannmeile um das Regierungszentrum der LFT beinahe zu einem Aufruhr gekommen war. Nahezu fünfzigtausend Studenten, meist angehende Absolventen jener Fachbereiche, die unmittelbar eine Verpflichtung zur Explorerflotte beinhaltete, machten ihrem Protest wegen der ihrer Meinung nach zu laschen Haltung der Terranischen Regierung gegen die sich in letzter Zeit ständig häufenden Übergriffe der Akonen auf terranische Kolonialwelten lauthals Luft.

Selaco ließ sich von Tani noch einmal den Sakebecher füllen und sann darüber nach, daß die Aktivsten der allgalaktischen Handelsunion sowie die auch auf Terra zu findenden Anhänger der Organisation ›Für Arkons Macht und Glorie‹, vermutlich gemeinsam mit den Studenten an der Demonstration teilgenommen hatten. Es handelte sich, wie immer, um die gleichen verläßlichen und schon im voraus bekannten Gruppierungen, wenn es darum ging, gegen Terra Stimmung zu machen. Die Mehrzahl der Studenten war es sicher ernst mit ihrem Anliegen, doch die Masse wurde von Agitatoren der eben genannten Zellen für deren eigene Ziele gesteuert. Terras vermeintliche Einflußnahme auf das Galaktikum war dabei ein vordergründiges Motiv.

Die wirtschaftliche und politische Stabilität innerhalb der Milchstraße zu Beginn des dreizehnten Jahrhunderts NGZ war alles andere als beständig, sinnierte er. Der Wiederaufbau nach dem ›Dunklen Jahrhundert‹ gestaltete sich zu einer wahrhaft gigantischen Aufgabe für die Überlebenden der cantarischen Tyrannei. Und dies würde noch geraume Zeit so bleiben. Von einer Konsolidierung der ökonomischen wie auch politischen Krisen konnte noch immer keine Rede sein. Es gab allenfalls Ansätze dazu. Für jeden Ökonomen gestaltete es sich als außerordentlich schwierig, den momentanen Zustand des gigantischen Wirtschaftsraums Milchstraße einzuschätzen und verläßliche Voraussagen für die Zukunft zu machen.

Zwar ließen die volkswirtschaftlichen Eckdaten einen schwachen Lichtstreif am Horizont erkennen, aber das war auch schon alles. Die von den Zentralbanken herausgegebenen Kennzahlen ließen nur Laien an einen Aufschwung glauben.

Nach den letzten Veröffentlichungen lag der galaktische Preisindex – auf der Basis des Jahres 1210 NGZ –, also die Summe aller in einem Jahr in der Milchstraße hergestellten Güter, bei 616 Trilliarden Galax, während sich das verfügbare Einkommen dagegen nur auf 434,11 Trilliarden belief. Eindeutiges Indiz dafür, daß Überproduktion herrschte, bei mangelnder Kaufkraft. Eine Situation, unter der überwiegend die kleinen Anbieter litten. Sie hatten der Preispolitik der Marktführer in den fünf großen Wirtschaftszonen nichts entgegenzusetzen. Viele Planeten der Randzonen verelendeten auf diese Weise. Ein Prozeß, den viele Trivideo-Kommentatoren vor allem der aggressiven Handels- und Preispolitik der Hanse ankreideten. Dabei war es gerade die Kosmische

Hanse, die unter Monos' katastrophalem Isolationsstreben am meisten zu leiden hatte. Durch die Zerstörung der Kosmischen Basare wurde dem vormals so mächtigen Industrie- und Handelskonzern viel von seiner ursprünglichen Mobilität genommen. Es konnte nicht ausbleiben, daß sich die Hanse in der neuerlichen Aufbauphase verständlicherweise vor allem auf die Märkte in ihrem unmittelbaren Einflußbereich konzentrierte.

Unruhe entstand auf der Plaza und ließ Rip Selaco von seiner Zeitung aufsehen.

Ein Mädchen, das einen langen bunt gestreiften Mantel und eine riesige Staubbrille trug und ziemlich rigoros von ihren Ellbogen Gebrauch machte, rannte hinter einem kläffenden Etwas her, in dem man nur unter Aufbietung aller Fantasie einen kleinen Hund erkennen konnte, dabei rief es fortwährend »Bully, Bully!«

Selaco grinste leicht. Dann wandte er sich wieder seiner Lektüre zu und überflog die Seiten mit den Konkursnachrichten, die die wirklichen Verhältnisse der Wirtschaftspolitik innerhalb der Milchstraße kennzeichneten.

Die marktwirtschaftliche Situation stand auf schwachen Pfeilern. Wie 429 NGZ schon einmal geschehen, deuteten alle Anzeichen darauf hin, daß die in den vergangenen Jahrzehnten so mühsam geordneten Finanzmärkte erneut in Unordnung gerieten. Galaxisweit operierende Spekulantengruppen verursachten durch betrügerische Treuhandfonds bei den Zentralbanken auf Arkon, Sphinx, Goszuhls Planet und Terra Millionenverluste und trieben immer mehr Planeten in den Ruin. Irgendjemand schien ziemlich skrupellos Insiderwissen zu mißbrauchen, überlegte Selaco, anders ließ sich ein derartiger Vorgang gar nicht erklären. Und er nahm sich vor, neue Kunden noch genauer unter die Lupe zu nehmen, damit *seine* Bank von Verlusten dieser Art verschont blieb.

Er wollte die Zeitung schon zusammenlegen, als sein Blick auf eine Offerte fiel, die von einer Firma namens Vakkund Capital geschaltet worden war. Ganz offensichtlich ein Offshore-Geschäft an einem entlegenen Ort in der Milchstraße, einzig und allein zu dem Zweck gegründet, wohlhabenden Privatanlegern dem Steuerzugriff planetarer Finanzministerien zu entziehen. Eine Planetenregierung erklärte sich zur Steueroase – und viele Großkonzerne begannen dort Briefkastenfirmen zu etablieren, über die die gesamten finanziellen Transaktionen abgewickelt wurden. Milliardenbeträge wurden so dem zuständigen Fiskus entzogen. Ein durchaus übliches Verfahren, wie Selaco wußte. Aber Steuerparadiese zogen auch windige Geschäftemacher an.

Vakkund Capital war ganz offensichtlich eine Scheinfirma; sie investierte in Wertpapieren, über die die Offerte allerdings keine genauen Angaben machte. Was sie für die Investoren interessant machte, war die Bürgschaft der Ferramon Bank Ltd., einer renommierten Bank auf Stiftermann III. Mit einem derartigen Kapital als Rückendeckung brauchte sich keiner der Anleger Sorgen über die investierten Gelder zu machen, so lange die Ferramon die Bürgschaft aufrecht erhielt.

Nur – die Ferramon war nichts anderes als eine Subsidiary, eine Tochtergesellschaft der Munsano Guaranty, und er, Rip Selaco, wußte absolut nichts von dieser Bürgschaft! Ein Umstand, der ihm nun ganz und gar nicht behagte. Weshalb er beschloß, der Sache auf den Grund zu gehen, sobald er morgen wieder in der Bank war.

Pet Yulal erwachte aus einem traumlosen Schlaf. Einen Moment lang lag er still und erinnerte sich. Er befand sich hier in seinem luxuriös eingerichteten Zweizimmer-Apartment im Hotel. Die Tür zur kleinen Loggia stand offen. Ein schwacher Luftzug bauschte die leichten Vorhänge. Pet fühlte sich ausgeruht und frisch.

Er schwang die Beine vom Bett und setzte sich auf. Dann klopfte er die Taschen seines Jacketts nach Zigaretten ab, schüttelte eines der Stäbchen aus der Packung und zündete es an. Er rauchte und dachte nach. Mitten in seine Überlegungen zirpte sein Terminal.

»Ja?« sagte er und ging ein paar Schritte in den Raum hinein. Das kantige Gesicht Almods blickte ihn forschend vom Schirm an.

»Na, ausgeschlafen, Partner?« drang seine Stimme aus dem Gerät.

Pet knurrte: »Von dir geweckt zu werden, verdirbt einem den ganzen Tag.«

Almod nickte mitfühlend.

»Hör zu«, sagte er. »Ich bin hier in einer öffentlichen Videophon-Zelle im Polizeipräsidium ...«

»Wo, bitte, bist du?« unterbrach ihn Yulal erstaunt.

»Im Polizeipräsidium.«

»Und was machst du da?«

»Dumme Frage. Im Gegensatz zu dem anderen Mitglied unseres Teams bin ich allzeit Willens, für den Brosamen, den wir als Gehalt beziehen, zu arbeiten, außerdem ...«

»Ist ja schon gut«, unterbrach Pet Almods Kettensatz. »Aber wenn du nun glaubst, ich hätte deswegen ein schlechtes Gewissen, so irrst du. Du irrst sogar ganz gewaltig. Also, zur Sache!«

Mit wenigen Worten unterrichtete Almond Pet davon, was sein Besuch im Präsidium ergeben hatte.

Pet zog nachdenklich an seiner Zigarette.

»Was hast du als nächstes vor?«

»Ich werde mich noch einmal im Galactic Trade Center umsehen. – Ich weiß«, wehrte er Pets Einwand ab, »die Polizei hat dort nichts gefunden, was uns weiterbringen würde. Aber ich will dich an Schi Nai Ans Märchen erinnern, das folgendermaßen beginnt: Es war einmal ein großer, mäßig schöner Vogel, dessen Daseinszweck sich darin erfüllte, wesentliche Bestandteile eines gepflegten Frühstücks zu liefern. Dieser Vogel hatte einen Augenfehler ...«

»Normale Menschen«, knurrte Yulal aufgebracht, »begnügen sich mit dem Sprichwort: Ein blindes Huhn findet auch einmal ein Korn. Okay, Schwätzer, suche dein Korn, und melde dich, falls du es gefunden hast.«

Er unterbrach die Verbindung.

Mit bloßen Füßen trat er auf den Balkon hinaus. Er gähnte ausgiebig, atmete tief ein und aus. Dann verschwand er wieder im Innern des Apartments. Er war sich noch nicht klar darüber, was er anfangen sollte. Mit Neema war er um zwanzig Uhr verabredet. Jetzt war war es knapp vor neunzehn Uhr. Kurz entschlossen zog er sich ganz aus, hängte die Kleidungsstücke in den automatischen Reiniger, den er neben dem mechanischen Masseur entdeckte, und verzog sich pfeifend unter die Dusche.

Als er aus der Dusche kam, zirpte das Videophon. Sekundenlang starrte er das Gerät an, dann sagte er achselzuckend: »Ja?«

Seine Stimme aktivierte den Sichtmodus.

»Hallo!« Ihr Lächeln entblößte zwei Reihen makellos weißer Zähne. Ihre Stimme klang warm und tief.

»Sieh an, sieh an, wenn das nicht Neema ist«, sagte er, legte den Kopf schief und grinste leicht.

»Ja, ich«, bestätigte sie. »Ich bin vor kurzem nach Hause gekommen und habe deine Einladung vom Band gehört.«

»Akzeptiert?«

»Selbstverständlich«, sagte sie mit einem Lächeln. »Du darfst mich ausführen. Wann«, so fügte sie mit einem gekonnten Augenaufschlag hinzu, »hat eine hart arbeitende Sekretärin schon mal Gelegenheit, auf Kosten anderer exklusiv zu speisen?«

»Vermutlich nie«, log Pet grinsend.

»Du sagst es überdeutlich, wenn auch unhöflich.«

Jetzt lachte er offen. »Da ich nicht weiß, wo du wohnst, treffen wir uns doch hier in der Bar des Hotels. Okay?«

»Fein. Wann kommst du herunter?«

Pet machte kein übertrieben geistreiches Gesicht. »Herunter?«

Sie lächelte erneut.

»Ich sitze schon seit zehn Minuten an der Bar.«

Der Hanse-Spezialist machte große Augen. »Hier im Sharia?«

»Findest du mich jetzt aufdringlich?«

»Nicht die Spur«, bekannte Pet spontan. »Ich schätze selbstständige Frauen. Gib mir zehn Minuten!«

»Ich warte. Und Pet ...«

»Ja?«

»Zieh dir bitte etwas über. Nicht daß du noch auf den Gedanken kommst, im Adamskostüm zu erscheinen.«

Pet Yulal zuckte zusammen. Mit einer fahrigen Bewegung suchte er seine Blößen zu bedecken. Aber Neema hatte sich schon laut lachend ausgeblendet.

»Du lieber Himmel«, murmelte der Hanse-Spezialist und konnte sich ein Grinsen nicht verkneifen. Dann beeilte er sich, seine Toilette zu beenden.

Vier Minuten verbrachte er damit, den inzwischen gewachsenen Bart wieder in die normale Drei-Tage-Form zu bringen und den Zopf neu zu binden. Anschließend zog er sich um. Er trug jetzt einen leger geschnittenen, teuer wirkenden Anzug aus lichtblauen Material, einen schwarzen, dünnen Smokingpullover und schwarze Schuhe.

Einen Augenblick überlegte er. Dann schlug er die Jacke zurück und befestigte den Energienadler im Holster unter der linken Achsel. Es handelte sich dabei um eine etwas modifizierte Ausfertigung der üblicherweise nur zigarettenschachtelgroßen Waffe; der Lauf, der die Magnetfelder umschloß, war verlängert und mit einem aufgesetzten Laserscanner versehen. Auch die Mikrobatterien hatten eine höhere Kapazität. Die Waffe verschoß zentimeterlange, hauchdünne Hohlnadeln aus Stahl, die überwiegend mit starken Betäubungsmitteln gefüllt waren; sie war aber auch in der Lage, Explosivnadeln zu verschießen, von denen Yulal, aus einem nicht erklärbaren Impuls heraus, ein ganzes Magazin in der Gürteltasche verstaute.

Als letztes hinterließ er auf Vernons Terminal eine Nachricht, wo er zu finden sei. Für alle Fälle ...

Er verließ sein Apartment und schwebte im Antigravlift nach unten. Eine Minute vor der festgesetzten Zeit betrat er die Hotelbar und begrüßte Neema.

Sie trug ein raffiniert einfaches, aber immens teuer wirkendes Kleid, dessen Gewebe mit metallglimmenden Fäden durchwebt war; der Stoff modellierte jede Rundung ihres grazilen Körpers. Das dunkle Haar trug sie offen.

»Du machst einen erschreckend intelligenten Eindruck«, sagte sie und schwenkte ihr Glas. Die Eiswürfel klickten. »Hast du einen Geist gesehen?«

Erst jetzt merkte er, daß er sie unverhohlen angestarrt hatte. Er hüstelte, dann sagte er leise: »Wenn es einer war, dann der jener shakespearischen Julia ... Choozen-Export scheint Sekretärinnen ja blendend zu entlohnen?«

»Ich kann nicht klagen.« Sie nickte und leerte ihr Glas, während sie seine bewundernden Blicke genoß. »Aber Choozen bekommt ja auch etwas für sein Geld. Immerhin bin ich firm in ziemlich vielen galaktischen Fremdsprachen. Was bei geschäftlichen Verhandlungen mitunter von Vorteil sein soll, vor allem, wenn es sich um

Randwelten handelt, bei denen Interkosmo für ein Haarpflegemittel gehalten wird.«

Pet griff nach ihrem Arm; er war gebührend beeindruckt. Er gab dem Mann hinter der Bar ein Zeichen: der Drink würde ihm in Rechnung gestellt werden. »Wollen wir?«

»Wollen wir ins *The Embers?«*

»Wie versprochen. Aber nicht zu Fuß.«

The Embers war in einen Hügel hineingebaut und glich einem griechischen Theater; Tische und Nischen waren auf stufenförmig umlaufenden Rängen im Dreiviertelkreis angeordnet, wenige pseudoionische Säulen begrenzten die hohe, geschwungene Holoprojektion, die zu unaufdringlicher Musik – die Lautsprecher der Sitzgruppen konnten abgeschaltet werden – aktuelle Nachrichten, Werbespots, kurze Spielsequenzen und wertfreie Landschaftsbilder von höchst unterschiedlichen Planeten zeigten. Yulal und Neeme hatten einen Tisch auf einem der oberen Ränge; über den jetzt abgeschalteten Projektoren der Abdeckung ragten die Kronen uralter Bäume über die brennenden Kerzen und die gemütlichen Sitze. Nach dem Aperitif und einer Suppe mit unaussprechlichem Namen und ebensolchen Gewürzen sagte Yulal leichthin:

»Ich als armer Randweltler hab' den Verdacht, daß du, nun nicht gerade jeden Abend, aber doch recht häufig in solch Klasse-Restaurants speist.«

»Wie kommst du darauf?« Sie zog die Schultern hoch; die ruhigen Kerzenflammen schienen ihre Haut in exotische Seide zu verwandeln. »Es gibt Myriaden gutaussehender Sekretärinnen in Terrania City. Glaubst du, daß Seyit jedesmal, wenn er sich mit Geschäftspartnern trifft, ausgerechnet mich mitnimmt?«

»Ihm und seinen Gästen entgeht so das unbeschreibliche Vergnügen deiner Gegenwart.« Die Kellner des Restaurants wurden von lautlosen Robots unterstützt. Pet orderte den passenden terranischen Wein für das Hauptgericht und lehnte sich zurück. »Choozen scheint ... nein, jeder weiß das, er *ist* ein ungewöhnlich erfolgreicher Akone. Ich war ziemlich beeindruckt; zuerst von dir, dann von seinem diskreten Mega-Luxus.«

»In diesen Kreisen ist Luxus unabdingbar.« Neema Stratton dankte lächelnd für das Kompliment. »Wer mit Banken und allen denkbaren Handelsorganisationen, Gruppen und Vertretern des wirklich großen Geldes verhandelt, muß mit gediegener Umgebung überzeugen. Da wäre ein Kellerlokal schwerlich das Entsprechende.«

»Verständlich. Perry Rhodan und Atlan gehen bei euch ein und aus.«

»Nicht gerade. Aber vor einiger Zeit zeigte sich Waris Chukor nicht unbeeindruckt.«

»Von dir? Ohne zu scherzen – wer ist Waris Chukor?«

»Immobiliendirektor. Von Munsano Guaranty Trust. Nicht gerade ein Garagenbetrieb.« Neema schob ihr Glas zur Seite. Der Hauptgang wurde in lautloser Präzision serviert. Umgeben von halbdurchsichtigen Schirmen saßen sämtliche Gäste akustisch voneinander getrennt. Wenn die Holobilder heller wurden, sah man, daß die etwa fünf-, sechshundert Plätze, rund hundert Tische, nicht nur von Humanoiden besetzt waren, aber in jedem Fall von gutgekleideten, festlich geschmückten Individuen. Pet ließ seine Blicke umhergehen und nickte zufrieden; ein wenig Glanz fiel auch auf ihn.

»Ich müßte schon vom MG-Trust gehört haben und von Chukor. Fällt mir im Augenblick nicht ein – ist verständlich; dich als Gegenüber, da läßt das Langzeitgedächtnis zu wünschen übrig.«

Sie zerteilte das hellrote Fleisch einer Krustazee und tunkte es in eine metallisch schillernde Sauce, dann lächelte Neema. »Ich hör's gern, Pet, aber übertreib's nicht.«

Er senkte seine Stimme und deklamierte grinsend: »Straf mich nicht, wenn ich die Wahrheit spreche.«

Die Nachspeise und der Frühlingswein aus Diona, System Antares, dufteten betäubend, übertönten Neemas Parfüm und Yulals herbes Rasierwasser. Neema hob das Glas und musterte Pet über den Rand hinweg; plötzlich zeigte ihr schmales Gesicht unerwarteten Ernst.

»Übrigens«, sagte sie leise, und auch ihre Stimme veränderte sich, »du segelst unter falscher Flagge, wie mir scheint.«

Yulal hob den Blick aus dem Glas und zog die Brauen hoch.

»Was hast du mir vorzuwerfen?«

»Kein Vorwurf. Betrübliche Tatsache! Ich habe herausgefunden, daß du bei keiner Versicherungsgesellschaft angestellt bist. Was sagst du nun?«

»Ertappt, sag' ich. Wie hast du davon erfahren?«

Pet sah hingerissen zu, wie Neema ihre Nachspeise löffelte.

»Das war relativ einfach.« Sie nippte an ihrem Glas. »Ich habe ...«

»Schönste Neema«, sagte Pet in einem Tonfall, der kühl und endgültig klang, »hör mir bitte genau zu.«

»Wovon immer du sprichst, es wird wie der Gesang der Sirenen in meinen Ohren sein.« Sie lächelte schmelzend; Pet zog die Schultern hoch.

»Das bezweifle ich mit einigem Recht. Also: woher glaubst du zu wissen, daß ich nicht der bin, für den ich mich ausgebe?« Er grinste kühl. »Solltest du jetzt die Stumme spielen, werde ich zu wenig angenehmen Mitteln greifen müssen. Ich meine es ernst.«

»Ich seh's.« Sie nickte und legte den Kopf schräg. »Als mir zu dem erörterten Thema noch etwas einfiel, nachdem wir miteinander gesprochen haben, wußte ich nicht, wie ich dich erreichen konnte. Ich rief also bei der Vertretung der Alliance hier in Terrania City an. Man kannte keinen Versicherungsvertreter mit deinem Namen. Was also bist du wirklich? Ein Spion? Ein Agent aus Andromeda?«

Pet lachte; er hatte sich schnell gefaßt. »Du bist also hinter meine Notlüge gekommen – anders hätte mich Seyit ay Choozen schwerlich empfangen: Nein, ich bin kein Spion, auch kein verkleideter Alien. Ich bin bei der Regierung angestellt und ermittle bei Unfällen, wie im Galactic Trade Center geschehen.«

»Ehrlich?« Neema starrte traurig die leere Schale an. Pet bestellte nach einem Blick auf die leeren Gläser von dem gleichen Wein. Er nickte.

»Ehrlich. Sag' nur, daß du es deinem Chef gesagt hast.«

»Nein. Er sagte mir, daß er bei der Alliance einen Kontrollanruf getätigt hat – mit dem gleichen Ergebnis.«

»Es gibt Schlimmeres.«

Daß Choozen von seiner falschen Identität wußte, machte Pet Yulal nachdenklich. Der Umstand, daß er unter falschen Voraussetzungen um eine Unterhaltung mit dem akonischen Aristokraten gebeten hatte, mochte nicht schwer wiegen; Männer der Regierung benutzten häufig derlei leicht aufzudeckende Tarnung. Trotzdem war er über diese Entwicklung besorgt. Er hatte sich eine Blöße gegeben, und Choozen war als Gegner ebenso wenig zu unterschätzen wie als Finanzmann. Er drehte das Glas in den Fingern, zwang sich dazu, Neema ruhig zu betrachten, sich an ihrer Gesellschaft zu erfreuen; sie schien arglos und war unverdächtig.

»Es gibt Schlimmeres«, wiederholte er. »Zum Beispiel, wenn uns die Gesprächsthemen ausgingen. Oder wenn der Abend viel zu früh enden würde.«

Wieder verlor Neema ihr Lächeln; sie senkte den

Kopf und sagte leise: »Wir sorgen dafür, daß es ein angenehmer Abend wird. Ich hab' mich stundenlang darauf gefreut.«

»Ich auch«, gab er lächelnd zu. »Auch wenn wir uns in bescheidenerem Rahmen bewegen als dein Chef, Waris Chukor und andere Multimillionäre. Hast du einen bestimmten Wunsch, oder einen pfiffigen Vorschlag, an welcher Stelle wir den Abend fortsetzen können?«

Sie blickte in die Sterne, von denen nur wenige zu sehen waren; der Lichthalo über der riesigen Stadt überstrahlte selbst das Licht der haarfeinen Mondsichel. »Wenn ich dich so ansehe, mit deiner gewollt halbseriösen Aufmachung ... wir könnten uns unter die Schickeria der Stadt mischen.«

»Sag' bloß, du meinst das Cyberia-Cafe im Presseviertel!«

Sie nickte; beide brachen in Gelächter aus. Pet strich über seinen Dreitagebart, dessen Haar bereits weich geworden zu sein schien. Der Kellner ließ den Robot die Gläser füllen, und eine andere Maschine servierte das Geschirr und die gebrauchten Servietten ab.

»Genau das meine ich.«

»Überredet«, sagte Pet. »Erzähl mir doch mehr über das frustrierende Leben einer schönen Sekretärin in der Stadt der Städte, deren Grundmauern und, denke ich, die Anfangszüge der Kanalisation also, aus den ersten Tagen unserer heroischen Vordenker stammt ...«

»Ein karges Leben.« Neema lachte. »Hin und wieder gibt es Höhepunkte wie den heutigen Abend. Ich arbeite und lerne viel, verdiene gut und spare Galax um Galax für ein kleines Raumschiff, mit dem ich im All herumfliege und den gutaussehenden Märchenprinzen suche.«

»Das schaffen andere mit einem Gleitertaxi.« Pet grinste und imitierte die Stimme eines Gleiterpiloten: »Ey, Mac; du suchst gute Adressen? Teuer oder preiswert?

Soll's gefährlich oder langweilig ..., ich seh' schon, du bist aus der galaktischen Provinz, und da werd' ich dich in Lokale fahren, in denen nicht mal du auffällst. Vierzig Galax!«

Neema lachte und verschluckte sich fast; ihr Gesicht bekam einen träumerischen Ausdruck. Eine Stunde später saßen sie in einem Gleitertaxi auf dem Weg zum Presseviertel; Neema erzählte, daß sie den einen oder anderen Journalisten, Frauen und Männer aus Redaktionen und TV-Anstalten mehr als flüchtig kannte; als der Gleiter in der Nähe des Cafés hielt, ließ Pet zwanzig Galax abbuchen; Terrania war tatsächlich eine ausgedehnte Stadt.

Nicht eine Sekunde lang gab sich Pet Yulal der Illusion hin, sein Leben wäre ungefährdet. Er und Vernon Almod – und gegenwärtig eine Handvoll anderer Terraner – waren stark gefährdet. Er hatte während der Fahrt hierher, obwohl sein Arm um Neemas Schulter gelegen und sie sich an seine Schulter geschmiegt hatte, versucht, das Ausmaß der Gefährdung abzuwägen. Auf jeden Würdenträger, jeden bedeutenden Repräsentanten waren Attentate verübt worden, und im Lauf von Jahrhunderten waren die Tötungsmethoden immer komplizierter geworden – und noch viel schwieriger war es, derlei Attentate zu verhindern. Er bewegte sich auf gefährlich dünnem Eis. Noch bevor sie die große, dämmerige Bar betraten, faßte Pet nach seiner Waffe und vergewisserte sich, daß sie, wie er, einsatzbereit war.

»Pet Yulal, der einfältige Farmerjunge vom Randplaneten, ist hilflos in diesem Gedränge und bekommt schnell Klaustrophobie«, sagte er und nahm Neemas Hand. »Führe mich, o Bewohnerin Terranias!«

»Sei nicht albern!« Sie drückte seine Hand und zog ihn zu einem Platz an der riesigen sphärischen Bar, von dem aus sie einen passablen Blick über einen Großteil der anderen Gäste hatten. Pet flüsterte in ihr Ohr, sie nickte; er bestellte Cappuccino, Espresso, Grappa und Single Malt.

Neema erzählte aus ihrem Leben, winkte in Abständen von etwa zwanzig Minuten flüchtigen Bekannten flüchtig zu, lächelte zerstreut und suchte den Blick von Pets Augen. Er nippte an dem duftenden Grappa und versuchte gleichzeitig, aus Neemas Äußerungen sich ein Bild ihrer Persönlichkeit zu machen und die Gäste abzuschätzen, nach bekannten Gesichtern zu suchen, Gefahren ebenso zu erspüren wie Informationen, die ihm und Vernon nützen konnten; plötzlich faßte Neema sein Handgelenk, winkte aufgeregt und sagte:

»Ihr müßt euch kennenlernen. Hierher, Rip!«

»Gern«, sagte Pet. »Rip. Wer oder was ist Rip?«

»Er kann dich von einem Tag zum anderen reich machen.« Sie winkte noch einmal; ein verhältnismäßig junger, sympathisch aussehender Mann winkte zurück und bahnte sich einen Weg durch die Gäste. »Vorausgesetzt, du bist halbreich.«

»Ich bin in Wirklichkeit ein ganz armer Kerl«, sagte Pet und schüttelte den Kopf. »Ich werde jahrelang für unser Abendessen Drittarbeiten annehmen müssen. Unterbezahlter Regierungsangestellter oder so.«

»Rip Selaco!« stellte Neema lachend vor. »Der wichtigste junge Mann im Munsano Guaranty Trust. Pet Yulal: der am wenigsten gutrasierte Chefermittler für unbekannte Fälle der Regierung. Welcher Regierung?«

Die Männer schüttelten sich die Hände, Selaco küßte Neema auf die Wange. Pet sah, um sich nicht zu verraten, angelegentlich zur Seite; der Name der Firma war wie ein Stich zwischen die Schulterblätter. Abermals hatte ihn der schiere Zufall mit jemandem zusammengeführt, der zwar mit seinem Job nichts zu tun haben mochte, aber genau dort saß, wo er, Pet, Informationen suchte. Er winkte der robotunterstützten, hochgestylten Schönheit hinter dem Tresen und rief, um das Crescendo der hämmernden Musik zu übertönen:

»Unserer Regierung. Der besten von allen. Was trinkst du, Invest-Manager?«

»Wenig. Nur das Beste. Laß mich nachdenken ... ein doppeltes Mineralwasser und einen marsianischen Wodka mit viel Limone. Danke.«

Er setzte sich zwischen Neema und Pet. Pet fand es bemerkenswert, daß aus Rips Jackentasche eine zwei Tage alte Zeitung hervorsah, auf Papierfolie ausgedruckt, und in der Hand hielt er ein uraltes, restauriertes und neu geschnittenes Taschenbuch. Pet versuchte, den Titel zu lesen. Rip Selaco verstaute das Buch mit verlegenem Grinsen in die Innentasche. »Was hat dich hierher gebracht, Neema?«

»Er. Armer Farmerjunge. Ich zeig ihm die lustigste In-Kneipe. Er sagt, er kann lesen und schreiben, also sind wir im Presseviertel gelandet.«

»Stimmt nicht ganz.« Pet grinste den jungen Banker an. »Ich kann inzwischen auch mit Holografien etwas anfangen. Gestern hab ich bis siebzehn zu zählen gelernt.«

»Kurzum«, sagte Rip zufrieden, »eine Versammlung hochgebildeter Legastheniker. Cheers!«

Es dauerte immerhin fast fünfzehn Minuten, bis Yulals Analyse auf sicheren Füßen stand. Er brauchte sich nicht zu korrigieren: Er war schon rund eineinhalb dutzendmal hier gewesen und fand seine Einschätzung auch heute wieder bestätigt. Viele vorwiegend junge Leute, die alle im aufregenden Bereich der verschiedenen Medien arbeiteten, trafen sich hier aus zwei Gründen. Zunächst wollten sie sich und ihre Wichtigkeit dokumentieren, und, hinter dieser farbigen, aufgedrehten Fassade, versuchten sie partielle Einsamkeit zu bekämpfen und bedienten sich dabei hektischer Betriebsamkeit.

Pet sprach Rip Selaco an und verwickelte ihn in ein Gespräch über die Verflechtungen der Kapitalströme zwischen Sternvölkern, die einst erbitterte Gegner gewesen waren und heute Umsatz und Verdienst-Prozente im Zeichen des heiligen Solar der Auseinandersetzung mit feuernden Raumschiffen und Todeskommandos vorzogen – wobei die Auseinandersetzung nichts von ihrer Schärfe verloren hatte.

»Und wie paßt jemand wie, beispielsweise, Kytan ay Marunochy oder Seyit ay Choozen in das Bild des friedlichen Krieges?« fragte Pet.

Rip hob die Schultern und meinte: »Im Ozean sind tausend Haifische. Manche fressen nur, weil sie echten, ehrlichen Hunger haben, und andere fressen ebenso viel, schlagen aber ihre Gebisse in alles, was vorbeischwimmt. Mir dünkt, neugieriger Gevatter, Choozen ist einer von der letzten Art, aus der Familie der überaus Gefräßigen.«

Yulal registrierte, daß die Sympathie durchaus gegenseitig war. Banker waren notwendigerweise wahre Felsengräber der Diskretion; Rips Aussage war, wenn er sie wertete, eine klare Auskunft. Er wartete, bis eine junge Akonin den Banker ansprach und widmete sich wieder der Unterhaltung mit Neema. Wahrscheinlich würde auch Almod hier den letzten Drink am späten Abend nehmen – noch schien er nicht eingetroffen zu sein.

Neemas große, dunkle Augen waren nur zwei Handbreit von seinen Augen entfernt; für einige Dutzend Atemzüge oder länger schienen sie sich auf einer Insel außerhalb des Lärms, der Musik und der verwirrenden Lichter zu befinden. Rip Selaco hatte die heiteren oder bemerkenswerten Geschichten von seiner im Grunde wenig aufregenden Tätigkeit beendet; Pet glaubte fest, ein gravierendes Mißtrauen gegen das Firmengeflecht des Terraners Logar Munsano und dessen finanzielle Transaktionen herausgehört zu haben. Ein weiterer wichtiger Punkt seiner, Yulals, Überlegungen. Er lächelte und sprach in Neemas Ohr:

»Es wird spät, Schönste. Morgen droht uns allen harte Arbeit. Wollen wir bleiben oder gehen?«

»Beides. Trinken wir noch ein Glas, ja?«

»Gern. Ein Glas – wovon?«

Aus dem Augenwinkel sah Pet die vertrauten Bewegungen einer vertrauten Gestalt. Vernon Almod, sein Partner, der Hanse-Spezialist, hatte ihn gesehen und schob sich langsam auf ihn zu.

»Von ... von etwas, das uns nicht betrunken, sondern fröhlich macht. Ich will noch nicht allein heimgebracht werden. Vielleicht ein Glas Champagner?«

»Drei Glas«, sagte Pet und winkte Vernon. »Ein guter Freund von mir. Vernon Almod. Sieht aus wie ein Mauerbrecher, ist aber weich, lieb und zuverlässig. Er bezahlt auch unseren Ausflug in die oberste Getränkeklasse.«

»Meinetwegen. Aber nicht deinetwegen, Pet.« Vernon gab Neema einen entzückend altmodischen Handkuß. »Wenn überhaupt: ihretwegen. Deine Freundin?«

»Bis dahin mag der schmale Pfad steinig und dornenreich sein.« Pet grinste; Neema drückte seine Hand. »Wie dem auch sei: Was hast du im G.T.C. herausgefunden?«

Der Grauäugige starrte in Pets Gesicht, lachte kurz, musterte den jungen Banker und hob die breiten Schultern.

»Kaum mehr als ... Nichts. Leider. Laßt uns bestellen und trinken.«

Es wurde nichts aus dem guten Vorsatz, den Abend vor Mitternacht zu beenden. Die Vier unterhielten sich ohne Verlegenheitspause, kamen von einem Thema zum anderen, tasteten sich gegenseitig ab; sehr spät stiegen Neema und Pet in einen Gleiter und gaben ihre

Adresse an. Sie lud Pet Yulal auf einen Espresso ein, den letzten dieser Nacht und den ersten des nächsten Tages: Pet blieb bis zum Morgengrauen und sagte, als er Neema zum Abschied küßte:

»Ich ruf' dich an. Heute abend? Bei dir oder bei mir?«

Sie schlang verschlafen die Arme um ihn und murmelte: »Gleichgültig. Bei wem auch immer – wenn's wieder so schön wird wie heute.«

Die meisten Lichter Terrania-Citys waren ausgeschaltet. Noch waren die Sterne nicht verschwunden; der Mond berührte den westlichen Horizont, und die Sichel begann unscharf zu werden. Zwischen den vielen Hochhäusern und Türmen breitete sich vager Dunst aus, verdichtete sich zu Nebelschwaden; die Schleier bedeuteten Regen im Morgengrauen und verwischten die Konturen. Die wenigen Lichter in den Fassaden der Hotels und Wohntürme glichen matten, schläfrig blinkenden Augen.

Ein schwacher Duft nach Edelholz und teuren Substanzen, die im Luftstrom der lautlosen Klimaanlage bewegt wurden, erfüllte das Büro. Jenseits des Panoramafensters breitete sich die Skyline der Stadt aus; zwischen Hochhäusern, kleinen Parks und Brückenkonstruktionen schimmerte die Oberfläche des Goshunsees. Hin und wieder drangen die wechselnden Farben und Bilder der Werbeholos als vager Lichtschein durch die Scheiben und spiegelten sich an der Decke des riesigen Büros, das in einem der obersten Stockwerke eines der höchsten Bauwerke der Stadt lag.

Wieder überflutete eine flirrende Lichtkaskade die Bilder der Monitoren. Die Federung des schweren Lehnstuhles fauchte fast unhörbar, als sich der Betrachter bewegte.

Die Phalanx der Spezialmonitoren zeigte dem Betrachter einen Überblick der gegenwärtigen Börsennotierungen; auf Olymp, Sphinx, Terra und anderen Welten. Keine andere Lichtquelle war eingeschaltet; die wechselnden Lichteindrücke erzeugten schwache psychedelische Effekte. Minutenlang rührte sich nichts. Alles war still.

Der Mann vor den Monitoren drehte plötzlich den Sessel zur Seite, stand auf und blieb vor der mächtigen Glassitscheibe stehen.

Er schien die massige Gestalt vergessen zu haben, die am weit entfernten anderen Ende des Raumes an der Wand lehnte. Der zweite Mann im Halbdunkel stand statuenhaft starr dort und hatte sich seit Stunden nicht bewegt.

Logar Munsano drehte den Kopf und blickte über einen hellen Teil der Vielmillionenstadt nach links. Nicht mehr als dreitausend Meter von Munsano entfernt, im Stadtzentrum, leuchtete der Lichtdom über dem strahlend beleuchteten Hauptquartier der Kosmischen Hanse. In Monsanos rechter Wange begann ein Muskel zu zucken.

Ein melodisches Rufzeichen ertönte. Munsano schien zu erschrecken und fuhr herum, dann ging er zum Schreibtisch und tastete den Holoprojektor ein.

Mitten im Raum erschien Seyit ay Choozen, starrte Munsano sekundenlang schweigend an und sagte:

»Die Dinge scheinen nicht den Verlauf zu nehmen, der lange und sorgfältig genug geplant worden ist. Mich hat ein angeblicher Versicherungsagent besucht, stellte anzügliche Fragen und belästigte mich.«

»Wenn ich mich wegen jeder Belästigung aufregen würde«, sagte Munsano schroff, »wäre ich mit Dreißig qualvoll an Schrecken gestorben. Versicherungsagent? Die Galaxis ist voll solcher Kreaturen.«

»Sowohl meine Sekretärin als auch ich fanden vergleichsweise leicht heraus, daß es offensichtlich ein Agent der Hanse war! Außerdem hat Waris Chukor deutliche Hinweise darauf, daß die Hanse sich mit der Aufklärung des ... Vorhabens beschäftigt. Oder sogar schon mit der Vereitelung. Du und deine kindischen Rachegelüste. Du wirst es schaffen, daß alle Anstrengungen umsonst waren.«

Der Akone im Hologramm deutete auf das strahlende Gebäude der Kosmischen Hanse. Munsano schüttelte langsam den Kopf und sagte in fast verachtungsvollem Tonfall:

»Der Umstand, daß die Administration der Liga Freier Terraner und der Kosmischen Hanse weiß, daß ein Anschlag auf den Kytan geplant ist, erhöht für uns alle den Reiz. Ich will meine Rache in Ruhe genießen können; langsam und eiskalt.«

»Die Gefahr, daß deswegen die Initiatoren des Anschlags entdeckt werden, ist unverhältnismäßig groß.« Die Stimme des Akonen wurde lauter und schärfer. »Auch die beste Planung kann an einem lächerlichen Zufall scheitern. Und dann?«

»Und dann sind so viele Sicherungen eingebaut, daß wir ruhig zusehen können. Gerade der Umstand, daß ich ihnen Munsano Mansion zur Verfügung gestellt habe, entlastet mich völlig.«

»Ich bewundere deine Genialität.« Das schwarze Haar flog, als Choozen den Kopf schüttelte. »Du denkst, Adams und der Kytan sind schon so gut wie tot, nicht wahr?«

»Nicht anders verhält es sich, bester Freund.« Munsano nickte gelassen. »Ich werde nie in Verdacht geraten, und mein sogenannter Leibwächter auch nicht. Er bewegt sich ungehindert zwischen den Abwehrleuten, wie viele es auch immer sein mögen. Beruhige dich, Seyit. Keine Panik.«

»Ich bin nicht in Panik! Trotzdem sollte der angebliche Versicherungsvertreter aus dem Weg geschafft werden.«

»In diesem Punkt stimme ich dir uneingeschränkt zu«, sagte Logar Munsano und richtete seinen Blick auf den wuchtigen Schatten an der Wand. Goph Pyon, der angebliche Leibwächter, bewegte sich und kam lautlos einige Schritte näher. »Läßt sich erledigen.«

»Du weißt, wo er sich aufhält?« fragte der Akone. Munsano schüttelte den Kopf.

»Weißt du es?«

»Selbstverständlich. Zweizimmer-Apartment im Sharia-Hotel, in der Nähe des Wirtschaftsministeriums. Meine Sekretärin hatte sich mit ihm zum Essen verabredet.«

»Verlaß dich auf mich. Ich mag, was meine inneren Beweggründe betrifft, ein wenig zu emotional reagieren, aber das hat keinen Einfluß auf meine Zuverlässigkeit.« Er lächelte kalt und winkte Goph Pyn heran. »Und erst recht nicht auf die Zuverlässigkeit meiner Mitarbeiter und Vertrauten.«

»Ich glaube nur, was mehrmals bestätigt wurde«, sagte der Akone.

»Pyun wird sich seiner annehmen«, brummte Munsano.

Seyit ay Choozen hob die Hand; es war nicht mehr als eine Geste der Herablassung.

»Wir hören voneinander. Ich erwarte Vollzug.«

Das Hologramm verringerte die Farbkraft, die schwindende Darstellung wurde zweidimensional und zog sich in einer senkrechten Linie in den Projektionsmittelpunkt zurück. Ein kleiner Punkt blitzte auf; Choozen war verschwunden. Goph Pyun blieb vor dem mächtigen Schreibtisch stehen und starrte Munsano an.

»Du hast sämtliche Informationen; du weißt, um wen es sich handelt?«

Der schwarz gekleidete Riese nickte. Der Kopf des Cyborgs bewegte sich nur um drei Fingerbreiten.

»Dann bring' es hinter dich. Pet Yulal soll uns nicht länger im Weg stehen.«

Der breitschultrige Mann, der beim ersten Hinsehen wie ein normaler Terraner mit der Figur eines Schwergewichtsringers wirkte, verließ mit langen, lautlosen Schritten das Büro. Der hochflorige Teppich brauchte länger als dreißig Sekunden, bis er sich in den Trittspuren wieder aufgerichtet hatte. Logar Munsano stützte sich schwer auf die Schreibtischplatte und starrte eine Weile lang schweigend das Hologramm an, das seinen Sohn zeigte; schließlich entnahm der Tycoon dem Schreibtischfach eine Flasche, füllte ein Glas und setzte sich vor die Phalanx der Monitoren.

»Ich kann auch diesmal sicher sein, daß Pyun und seine Satelliten die Gefahr schon im Ansatz beseitigen ...«

Was wußte er wirklich über diese Kreatur, die mit der Verschlagenheit eines Reptils, der Kraft eines Kampfroboters und der Gerissenheit eines Jägers mit einem Jahrhundert Erfahrung handelte? Und mit der Zuverlässigkeit eines willenlosen Sklaven?

Der Multi-Cyborg, oder Ektopode, entstammte den Zellen eines Mannes namens Zeth Bakhar; in der Klonfabrik verschwand der Name und wurde durch eine Seriennummer ersetzt, deren alphanumerischer Kode, in die Haut des Hinterkopfes gestanzt, nur im Licht eines weichen Röntgenlasers abgelesen werden konnte. Die ›Satelliten‹, die er wie Soldaten einer Kommandoeinheit ausschicken und aus der Ferne kontrollieren konnte, unterschieden sich von ihm nur durch eine jeweils abweichende Endziffer. Sie glichen einander bis auf die letzte, winzigste Einzelheit. Selbst wenn Goph Pyun – Name und Dokumente waren später hinzugefügte Fälschungen – irgendwelche Reste der Persönlichkeit seines ›Vaters‹ geerbt haben sollte; Die Cantaro hatten sie mehr als gründlich verändert. Pyun war in mancherlei Hinsicht ein Zwitter – die Gestalt eines humanoiden Wesens, dessen Klon-Körper gleichzeitig an unterschiedlichen Orten operieren konnten; gleichzeitig viel weniger als ein Humanoide.

Seinen Daseinszweck, auch wenn Munsano ihn Maßanzüge tragen ließ, faßte der hundertzehnjährige Superreiche mit einem einzigen Satz zusammen: eine computerunterstützte multiple Vernichtungswaffe, die darauf programmiert war, auf dem sichersten, schnellsten und zuverlässigsten Weg zu töten.

Jetzt, außer Sicht seines Herrn, würde Goph Pyun einen seiner Satelliten programmieren und losschicken. Er würde sich auf Pet Yulals Spuren heften und ihn bei der günstigsten Gelegenheit töten.

6.

Die untersten vier Stockwerke des Munsano-Towers waren von der Bank besetzt und nach deren Erfordernissen ausgebaut, dem terranischen Head-Office des Munsano Guaranty Trust. Die Stockwerke darüber – Rip Selacon konnte sich nicht erinnern, sie je gezählt zu haben – waren an andere Firmen vermietet. Die obersten Etagen und das Penthouse benutzte Munsano als Stadtwohnung. Rip kannte als Jungmanager und Bilanzanalytiker jeden Mitarbeiter, jeden Vorgang in der Bank; er arbeitete die folgenden beiden Tage angestrengt und konzentriert jeweils fast zwölf Stunden. Erst am dritten Abend, als ausnahmsweise alle Mitarbeiter mehr oder weniger pünktlich ihre Arbeitsplätze verlassen hatten und er sich frisch genug fühlte, hatte er Zeit, der Bedeutung jenes merkwürdigen Zeitungsbeitrags nachzugehen; der TERRANIA CHRONICLE-Ausriß lag auf seinem Schreibtisch.

»Ferramon-Bank, Planet Stiftermann Drei«, murmelte er. Er durchquerte das Büro, zapfte sich zwei große Becher Kaffee und trug sie vorsichtig an seinen Arbeitsplatz.

Die Offerte jener unbekannten Firma *Vakkund Capital* bedeutete ohne Zweifel ein Offshore-Geschäft, das dazu diente, das Geld reicher Anleger von den Steuerbehörden in Sicherheit zu bringen; nicht nur auf Terra, sondern auf jeder Welt mit geordnetem Staatswesen und entsprechenden Gesetzen. Das mochte, sagte sich Selaco, wenig moralisch sein, blieb aber klar innerhalb der Legalität.

»Aber jedes angebliche Steuerparadies«, murmelte er, während er sich über die Bankcomputer in das Netz der Ferramon Bank einwählte. Sie gehörte zu Munsanos Imperium; der Zugriff erfolgte ohne Störung und mit minimaler Verzögerung. »Jedes Steuerparadies zieht schräge Vögel und windige Gestalten an, und selbst von Verbrechern hat man schon gehört.«

Ferramon Bank Ltd., die Vakkund Capital umfassende Bürgschaft versprochen hatte ... kein Anleger brauchte sich Sorgen zu machen. Rip hielt Vakkund für eine Scheinfirma, ein Tarnunternehmen. Er trank, ohne zu schmecken, was er trank, den rasch abkühlenden Kaffee und tastete sich durch Dateien und Aufstellungen, Listen und Funktionsdiagramme – ein Mann namens *Waris Chukor* besaß Vakkund Capital und zeichnete dafür als Alleinverantwortlicher.

»Wer ist Waris Chukor?« murmelte Rip. »Mir ist, als hätte ich den Namen schon gehört.«

Ferramon Bank Ltd. mußte, wenn sie für Vakkund bürgte, ein Dossier über Chukor haben. Chukor war also bei Ferramon bekannt; jede andere Version war undenkbar, konnte ausgeschlossen werden.

Es dauerte nicht lange, dann konnte Rip vom holografischen Monitor ablesen, daß Waris Chukor einer der

Direktoren von Ferramon war, der Chef der Außenhandelsabteilung von Munsano Guarany Trust; sozusagen ein Subdirektor Logar Munsanos oder ein Kollege von ihm, Rip.

Die nächste Information: eine akonische Bankniederlassung – eine kaum bekannte, unbedeutende Privatbank auf Vakkund – war ebenfalls an der Scheinfirma beteiligt.

»Es fällt mir schwer, das alles zu glauben«, sagte er und verschüttete, als er nach dem Becher griff, kalten Kaffee auf der Arbeitsplatte. »Datensicherung, Rip Selaco!«

Er checkte noch einmal, mit verdoppelter Sorgfalt, die gesamte Struktur. Sie zeigte ihm, daß anscheinend ohne Wissen der Aufsichtsräte und Munsanos selbst einer seiner Direktoren sozusagen eine Bank in der Bank gegründet und für diese dubiose Bank mit dem Geld seines Vorgesetzten gebürgt hatte und auch noch irgendwelche ebenso dubiosen Akonen mitverdienen lassen wollte.

Den gesamten Vorgang, einschließlich aller Namen und Daten, faßte Rip Selaco zusammen, speicherte ihn ab und – er betrachtete den Rest Kaffee im Becher und hob die Schultern; dann überspielte er den Vorgang in seinen eigenen Computer, den Syntronik-Terminal im Schreibtisch seiner Wohnung.

Eine weitere Schaltung: Das Dossier wurde ausgedruckt. Es umfaßte sieben engbeschriebene, mit Diagrammen illustrierte Normseiten. Schließlich speicherte Rip den Text in den Bankcomputer und notierte den Kode der Datei.

»Das sollte Munsano möglichst bald in aller Breite erfahren.«

Rip gähnte, legte die Beine auf den Tisch und durchdachte noch einmal gründlich sein beabsichtigtes Vorgehen.

Ein Gefühl, das er bislang kaum kannte, warnte ihn. Er nahm als gegeben an, daß es sich binnen kurzer Zeit um große Geldsummen handeln würde, und wo viel Geld war, entwickelte sich viel Rücksichtslosigkeit. Der Schauder möglicher Gefahr faßte nach Rip, er fühlte, daß er erbleichte, und daß sich die Härchen seiner Unterarme aufstellten. Er sah auf die Uhr, nickte und zog das Adressdisplay näher. Während er den Anschluß wählte, aktivierte er den Videophonanschluß an seinem Pult.

Der Monitor erhellte sich: Tatsächlich sah Rip Logar Munsano selbst am Schreibtisch sitzen. Munsano sah ihn mit müden Augen und gerunzelter Stirn an. Er nahm die Beine vom Tisch und sagte:

»Chef, ich bin auf eine verrückte, gewissenlose Schurkerei gestoßen. Durch Zufall, und dann habe ich gezielt weitergesucht. Weißt du, daß unsere Bank wahrscheinlich ein Finanzvergehen größten Stils plant?«

»Natürlich nicht. Wer plant? Du, ich, hier in Terrania?«

Munsanos hageres Gesicht zeigte Unverständnis und Besorgtheit. Die scharfen Falten schienen sich zu vertiefen. Rip machte eine verlegene Geste und sagte:

»Eine ziemliche Schweinerei. Eine Kette von Munsano Trust über die Ferramon Bank Limited auf Stiftermann Drei, mit einem akonischen Unternehmen auf Vakkund. Ich überspiel' dir den ganzen Vorgang.«

»Danke. Geht in Ordnung – das sehe ich mir selbst an. Klingt nicht gut, Selaco.«

»Stimmt. Klingt gar nicht gut.«

Munsano wandte den Kopf und blickte auf den Monitor außerhalb von Rips Sichtfeld. Dort liefen langsam die Daten über die Printfläche. Je länger Munsano las, betreten schweigend, desto starrer wurde sein Gesichtsausdruck; er murmelte:

»Ausgerechnet Waris Chukor! Ausgerechnet Vakkund!«

»Das scheint dich zu schockieren, Logar Munsano, wie?« fragte Selaco leise. »Ich hab's zuerst auch nicht recht glauben können. Ich werde morgen den gesamten Vorgang noch einmal checken und mit den Verantwortlichen selbst sprechen – oder willst du das selbst tun?«

Munsano beendete die Lektüre, schüttelte den Kopf und überlegte, dann sagte er:

»Warte mit der Aufdeckung, bis ich mir selbst ein Bild gemacht habe. Ich werde nachts darüber nachdenken, was wir tun. Morgen früh sehen wir weiter. Ich verständige dich. Oder besser: Ruf mich an, wenn du im Haus bist.«

»Einverstanden. Hast du vor, Chukor zur Rechenschaft zu ziehen?«

»Darauf kannst du dich verlassen. Ich glaube, daß wir noch eine Handvoll Zahlen und Fakten brauchen, um ihn festnageln zu können. Hast du den Vorgang abgespeichert?«

»Selbstverständlich.«

»Gib mir den Kode. Ich seh' mir alles noch einmal gründlich an und mache mir Notizen.«

»In unserem System, auf der Ebene Zwei, Stichwort *favete linguis.* Ist lateinisch, Logar, sagt mein Kumpel. ›Wahret das heilige Schweigen!‹ soll es heißen.«

»Kannst du das buchstabieren?«

Rip tippte auf der Tastatur und überspielte das Kodewort über die Direktleitung in Munsanos Gerät und stand auf. Er überlegte zweimal, ob er Munsano sagen sollte, daß er den Vorgang in die Speicher seines privaten Gerätes eingelesen hatte; ein unbegründeter, ihm völlig unverständlicher Impuls hielt ihn davon ab. Er warf die Kaffeebecher in den Recycler und hob die Jacke von der Sessellehne, ehe er die Geräte desaktivierte. In der benachbarten Abteilung summten die Reinigungsroboter.

»Es wird spät, Analytiker Selaco«, sagte Munsano mit einer Stimme, die deutlich die Tiefe seiner Enttäuschung erkennen ließ. »Fahr nach Hause, denk drüber nach und bleib diskret und verschwiegen. Es würde mich schmerzen, wenn die ganze Bank morgen mittag über die mangelnde Fähigkeit ihres Chefs diskutieren würde, den richtigen Leuten ihr Vertrauen zu schenken. Ich sehe mir deine Gehaltsabrechnungen an; vielleicht gibt's eine Handvoll Galax Prämie.« Er senkte den Kopf und sagte leise: »Gute Nacht, Rip. Morgen werden wir klarer denken können.«

»Gewiß, Chef. Ich schreib' auch keine Überstunden auf.«

Rip winkte in die Richtung der Linsenbündel, zog die Jacke an und verließ das Büro. Auf dem Weg zum Lift und durch die Halle bis zur Bahnstation fragte er sich, warum er Munsano nichts von der zusätzlichen Sicherung gesagt hatte; vielleicht konnte ihm Neema Strattons gutaussehender Bekannter darauf eine Antwort geben. Je mehr sich Rip seinem Apartment näherte, desto sicherer wurde er: Es war nicht falsch, einer Ahnung zu gehorchen, ebenso wenig, wie an potentielle Gefahren zu denken. Er war nur ein Banker, seine Welt waren Zahlen und Wahrscheinlichkeiten. Pet Yulal, Ermittler in Regierungsdiensten, würde die volle Tragweite des Problems vermutlich schärfer zu erkennen wissen als er selbst.

Rip Selaco duschte, schaltete seine Multianlage um und sah, während er in bequeme Hauskleidung schlüpfte, die Abendnachrichten. Er öffnete die Tür zum kleinen Balkon, erinnerte sich an den Namen des Hotels, das Yulal genannt hatte, ließ sich mit dem Apartment Yulals verbinden und sah als Insert-Bild des großen Schirmes, daß er mit dem robotischen Antwortgerät verbunden war; das Pet-Yulal-Hologramm sagte:

»Mein besseres Ich ist unterwegs und bedauert, nicht mit dir sprechen zu können: Bitte, sag mir, was Sache ist – der andere oder ich, in jedem Fall Yulol, wir rufen zurück.«

Rip nannte seinen Namen, die Nummer seines Anschlusses und schloß: »Ich brauche den selbstlosen Rat eines Freundes. Bitte ruf zurück, auch spät nachts; mir scheint, es ist ziemlich wichtig. Entschuldige die Belästigung, aber irgendwie scheinst du mir helfen zu können.«

Er schaltete ab, das Insertbild verschwand, er stand auf und ging zur Küche, um sich einen Fruchtsaft oder ein Bier zu holen. Er schien die Eingangstür nicht richtig geschlossen zu haben; im plötzlichen Luftzug begann er zu frösteln.

Der Gleiter hielt, drehte sich und schwebte zum Rand der Plattform, hielt wieder an und senkte sich auf die Puffer. Wie auf ein unhörbares Kommando stiegen Almod und Yulal aus und gingen zur Brüstung des Aussichtspunktes. Ein Teil Terrania Citys lag unter ihnen; im Mondlicht und im Nebenlicht der unzählbar vielen Lichtquellen sahen sie deutlich die schäumende Kielspur eines Bootes, das über den See fuhr.

»Ausgerechnet heute fehlt über der Stadt jener Nebel, in dem wir umhertasten«, sagte Yulal. »Wir wissen, was passieren soll, wir haben zwei Tage lang falsche, richtige, halbrichtige und abstruse Spuren verfolgt, haben unsere Hirne zermartert und kennen eine Handvoll potentieller Schurken besser, aber ...«

»Recht hast du, Pet.« Almod grinste und spuckte in die Dunkelheit. »Aber unsere Schurken verhalten sich wie verchromte Achtzig-Tonnen-Statuen. Unbewegt und unangreifbar.«

»Noch verhalten sie sich so! Wenigstens ich habe eine Möglichkeit, meinen Frust wegstreicheln zu lassen«, brummte Pet. »Noch nicht zu spät, denke ich.«

»Die schöne Neema, ja?«

»Ebendiese.« Pet und Vernon betrachteten die Stadt, als würde plötzlich jemand von einem Wohnturm aus ihnen die Lösung mit einem Mehrfarbenlaser zublinken. Sämtliche Mosaiksteinchen, nach Farben und einigen vagen Bildumrissen halbwirr geordnet, schienen vorhanden zu sein, aber ergaben kein Bild. Nicht einmal die Idee eines Bildentwurfes. »Wer, bei Rhodans unmündigen Enkeln, hat das dringende Interesse, Kytan ay Marunochy und unseren guten alten Homer Gershwin Adams ausgerechnet an den stillen Gestaden des Goshunsees zu deren Ahnen zu versammeln?«

»Das Schicksal ist grausam, weil wir's nicht kennen«, sagte Yulal und strich über die Ringe in seinem Ohrläppchen, als wären es Harfensaiten. »Mein Vorschlag für heute abend: ich lade Neema ein, und wir essen friedlich und im Rahmen geistvoller Unterhaltungen in unserer schäbigen Absteige?«

»Überre –«

Gleichzeitig summten ihre Armbandgeräte. Fast gleichzeitig winkelten sie die Arme an und tippten auf die Antwortkontakte der ArmbandKoms.

»Yulal, bei der Arbeit«, sagte Pet. »Wer ruft?«

»Geo Sheremdoc aus Munsano Mansion. Kann ich frei sprechen?«

»Wir sind allein und untröstlich. Sprich, Mann! Sag uns etwas, das unseren abgrundtiefen Frust erleichtert.«

»Es ist nicht viel.« Sie hörten mit angehaltenem Atem zu. »Wir haben die Archive geplündert und tief in ihnen gegraben. Auf der Welt Vakkund gab es ein Gen-Depot der Cantaro. Erspart mir die Einzelheiten über die Mühe der Nachforschungen. Mittlerweile ist die beträchtliche Immobilie in den Besitz einer Exportfirma übergegangen. Völlig legal, ohne Bestechung, Unterschleif oder Unkorrektheiten.«

»Sollen wir raten, Geo?« fragte Pet.

»Unnötig. Choozen-Export. Dachtet ihr euch doch, nicht wahr?«

»Ausnahmsweise hattest du recht«, sagten Pet und Vernon gleichzeitig und zweistimmig.

»Ein Teilerfolg, immerhin. Aus dem Nebel der Kristallkugel schält sich in Umrissen das Antlitz des schönen und bedeutenden Seyit ay Choozen heraus.«

»Diese Nachricht, Geo, freut uns, und beflügelt unseren Appetit auf ein Abendessen. Wir bleiben heute im Hotel. Aber es ist noch lange kein Beweis gegen Choozen!«

»Leider nicht. Noch ist Zeit – wir finden heraus, welchen Anlaß er hat, einen Anschlag auf den Kytan zu planen, zu unterstützen oder durchführen zu lassen. Noch etwas?«

»Verbindlichen Dank. Ende.«

Pet Yulal und Vernon Almod starrten einander an. Sie gingen langsam zum Gleiter zurück. Pet setzte sich, Vernon ablösend, ans Steuer. Die Türen klappten mit sattem Geräusch zu, das Gerät hob sich summend. Yulal fuhr sich mit beiden Händen durchs Haar und stöhnte, dann sagte er:

»Wir können drei Fische mit einem Haken fangen, Partner. Choozen, Munsano und …«

Der Gleiter nahm Fahrt auf, blinkte und reihte sich in einem gewagten Manöver wieder in den Verkehr der breiten Piste ein. Vernon schüttelte wild den Kopf.

»Ich leide mit dir. Aber: Beweise, Beweise und abermals Beweise! Wir haben Informationen, ein ungesundes Mißtrauen und alles andere, aber wir haben keine Beweise.«

»Wir müssen die Schurken provozieren.«

»Provozieren wir sie, blasen sie das Attentat ab. Dann haben wir nicht nur keine Beweise, sondern gar keine – für eine halbe Ewigkeit. In welcher idealen Welt lebst du, Pet Yulal?«

Schweigend, während sie sich dem Bezirk näherten, in dem sich ihr Hotel erhob, überdachten sie die Bedeutung der neuen Informationen. Die Drohung, die Bedrohung blieb, es gab mindestens drei Verdächtige, aber keiner gestattete sich die geringste Blöße. Sinnlos, von der Gemengelage mehr verlangen zu wollen; der oder die Gegner waren ihnen absolut ebenbürtig.

»Ich lebe in der einzigen Welt, die ich habe«, sagte Pet nach einiger Zeit. »Für mich gibt es keine andere. Ich muß mir selbst eingestehen, daß ich bisher glaubte, fast alles zu kennen. Ich hasse es, unterschätzt zu werden, aber ich begreife, daß ich mich in diesem bizarren Fall überschätzt habe. Dir geht es ebenso.«

»Ja. Oder so ähnlich.« Vernon sah zu, wie Pet die Abfahrt in die Zone aus Parks und Freiflächen nahm, an deren Rand sich der weiße, röhrenförmige Bau ihres schmucken Hotels erhob. »Es wird, wie so oft, ein winziger Zufall sein, der alles ändert oder entscheidet. Wie hast du vorhin gesagt – noch ist Zeit. Seit des letzten Pharaomordes wissen wir: es gibt kein absolut vollkommenes Verbrechen.«

Pet hielt vor dem Hotel und deutete auf die Rampe zur Tiefgarage.

»Dieses kluge Wort wird die Witwe Homer G. Adams' und die Gespielinnen ay Marunochys trösten. Ex nihilo nihil fit.«

»Wie? Gibt keine potentielle Witwe.« Almod öffnete die Gleitertür. Pet grinste.

»Überrascht, wie? Aus nichts wird nichts, alter Lateiner!«

Mit einem Rest Würde grinste Vernon und erwiderte: »Nunc est bibendum!«

»Nachher! Ich stell' die Maschine ab; ruf bitte Neema an und lade sie ein, klar? Wenn sie will, soll sie diesen jungen Banker mitbringen!«

»Klar, Partner.«

Pet steuerte den Gleiter langsam die geschwungene Rampe abwärts, suchte einen freien Platz und parkte die Maschine ein. Er zog den positronischen Funktionsgeber ab, steckte ihn ein und stieg aus. Als das dumpfe Geräusch der zufallenden Gleitertür an sein Ohr schlug, traf ein brutaler Hieb seine linke Schulter, warf ihn zur Seite und halb über die Maschinenhaube des roten Gefährts. Er rutschte herunter, riß den Kopf hoch und sah eine humanoide, breitschultrige Gestalt, die mit zwei schwarzen Waffen auf ihn zielte. Im Bruchteil einer Sekunde erwachten in Pet alle Verteidigungsmechanismen, die er sich in vielen Jahren antrainiert hatte. Nichts war mit ›laßt uns jetzt trinken!‹ er begriff, daß er um sein Leben kämpfte. Er begriff aber auch, daß sie – unbewußt! – den Gegner provoziert hatten. Als dieser Gedanke sich klar in seinen Überlegungen abzeichnete, war er bereits in der Deckung hinter dem übernächsten Gleiter und hielt seine entsicherte Waffe in der Hand.

Die dunkle Gestalt sprang aus dem Stand weit über den roten Gleiter auf den Bug des übernächsten Gefährts. Blech und Plastik beulten sich tief ein und splitterten. Glassit klirrte auf den Raster des Bodens. Zwei dröhnende Abschüsse und ein Dutzend Echos von den Betonplastikwänden marterten seine Trommelfelle. Er zielte flüchtig und feuerte; eine Frontscheibe wirbelte winzige Glassitbrocken wie einen Hagelschauer nach allen Seiten.

Er erhaschte einen flüchtigen, aber genügend klaren Blick auf seinen Gegner. Er war also hier erwartet worden. Der Angreifer, fast zwei Meter groß, besaß eine Ringerfigur und die Behendigkeit eines Gepards; Pet hob den Kopf hinter einem silbernen Luxusgleiter.

Die Brust des Angreifers öffnete sich. Ein spitzkegeliger Strahl weißglühender, sirrender Dinge – Messer oder Sterne, die sich drehten und überschlugen – raste auf ihn zu. Er schnellte sich zur Seite, rollte sich über die linke Schulter ab und kam sieben Meter weiter rechts auf die Füße, ohne die Waffe losgelassen zu haben. Der glühende stählerne Schauer traf zwei Gleiter und verwandelte sie in einer Folge unbeschreiblicher Geräusche in schwelenden Schrott.

Pet zielte auf den Kopf und die unglaublich breite Brust des Ungeheuers und jagte vier Schüsse aus der Waffe. Die Nadelprojektile kreischten durch die Garage, schlugen in den Beton ein, versengten die Kleidung des Angreifers und prallten als Querschläger ab. Dann detonierten sie in grellen Feuerbällen.

Der dunkle Gigant kämpfte blitzschnell, lautlos und schweigend. Es schien, als ob aus seinen Fingerspitzen kurze Laserstrahlen schössen; wo die Energie auftraf, schmolz sie Scheiben, Flanken, Motoren und Abdeckungen zusammen. Weit rechts detonierte eine Energiezelle; das wilde Leuchten blendete Pet und das fremde Wesen; eine Druckwelle, die schwere Maschinen gegeneinander warf, donnerte durch die Betonhöhle. Einige Leuchtkörper glühten aus und erloschen.

Pet robbte unter einem Lastengleiter hindurch, verbarg sich hinter einer doppelt mannsdicken Säule und sah sich um. An mehr als sieben Stellen schwelten und loderten Brände. Einige Sprinkler sandten zischende Strahlen aus Wasser und gelbem Löschschaum auf die halbzerstörten Fahrzeuge. Der Gegner war verschwunden ... Nein! Er tauchte rechts auf und entdeckte Pet im selben Augenblick, an dem Pet hinter der Säule hervor zielte und feuerte; ein Teil der Schulter des Angreifers wurde weggesprengt und bildete einen rotbraun gesprenkelten Kreis an der Wand. Rings um Yulal schlugen Feuerstrahlen, scharfkantige Projektile und, während sich wieder ohrenbetäubender Lärm ausbreitete, zuckende Laserblitze ein. Kochende Hitze und wirbelnde Schauer splitternden, zerstäubten Materials schlugen gegen seine Schultern und zerfetzten Teile der Kleidung.

Vier oder fünf Gleiter hatten Feuer gefangen und schwelten, obwohl Löschschaum und Wasserdampf auf sie heruntergepeitscht wurden; unter der gelben Schicht zischten und schmorten sie, und vielfarbiger Rauch breitete sich dort aus, wo Pet versuchte, seinem Gegner zu entkommen. Er sprang im Zickzack durch die brodelnden Wolken, hielt den Atem an und duckte sich hinter einer massiven Barriere, als Laserstrahlen durch den Rauch zuckten, sich entlang der Schußbahnen färbten und in die Wand einschlugen.

Pet zielte zwischen einer Säule und dem Heck einer schwarzen Gleiterlimousine hervor, sah den dunklen Giganten näherkommen und feuerte einige Schüsse ab. Die Explosivladungen der rasend schnell rotierenden Nadelprojektile rissen den linken Unterarm und die Hälfte der Hüfte des Angreifers weg und verteilten sie zwischen den Trümmern und dem Qualm; trotzdem stürmte das Ding weiter auf Pet zu. Pet rannte, duckte sich, hastete, kroch und wirbelte um sein Leben; der andere schien ihn zu sehen, selbst wenn drei Gleiter sie voneinander trennten.

Pet wünschte sich einen wuchtigen Zweihand-Detonator; diese schwarze Bestie schien unausrottbar zu sein. An mindestens zwei Dutzend Stellen war seine Kleidung abgeschürft, zerrissen und verschmort. Es stank nach Horn, Haar und Leder; erstickende Dämpfe wallten zwischen Wänden, Boden und Decke und wurden von den jaulenden Exhaustoren angesogen und aus der riesigen Garage geblasen. Eine Alarmsirene heulte auf- und abschwellend, die Warnsummer blökten nervenzermürbend.

Der nächste Schuß Pets riß die rechte obere Hälfte des Schädels seines unerbittlichen Verfolgers weg. Er begriff, daß er nicht gegen einen gewöhnlichen Attentäter, sondern gegen einen Klon kämpfte, dessen Lebenszentrum weder im Schädel noch in der Brustgegend zu finden war.

»Wo steckst du, Almond?« ächzte er und duckte sich, als der Riese, vermutlich eine Genzüchtung der verdammten Cantaro, unaufhaltsam näherhinkte. Der Angreifer schleuderte Gleitertrümmer und Teile der geborstenen und herunterhängenden Deckenverkleidung nach rechts und links zur Seite, als wären sie nasse Folie. Pet Yulal sah ihn schemenhaft hinter den aufreißenden Wolken, hob die Waffe und zielte auf die Knie.

Der Riese, der einen unbeschreiblichen Anblick bot, schien ihn nicht wahrzunehmen. Zwei scharfe Detonationen erschütterten die Luft, zweimal ruckte die Waffe in Pets Hand.

Fast gleichzeitig mit den Einschlägen flammten grellweiße Glutkreise auf. Der Klon gab einen seltsamen Laut von sich, sackte zusammen, und bevor er den Boden berührte, traf ihn eine Explosionswelle oder der Strahl einer unsichtbaren Waffe. Er stolperte nach vorn, wurde in die Höhe gerissen, drehte sich inmitten von Flammen, Rauch und knatternden Blitzen und wurde halb zerrissen, halb aufgelöst; einen Sekundenbruchteil lang sah Pet das humanoide Knochengerüst, als sei es aus glühendem Glas. Dann schlugen die Reste des Körpers zwischen die Trümmer auf den Boden.

Vernon Almond rannte aus der Richtung des Antigravschachtes heran, eine ungewöhnlich kompakte, schwere Waffe in der Hand; Pet erkannte den Detonator.

»Yulal«, brüllte er Partner. »Wo steckst du? Hast du's überlebt?«

Noch immer lärmten die Alarmanlagen. Von zwei Seiten näherten sich Reinigungsrobots und blieben nach wenigen Metern im glimmenden, nassen Schrott stecken. Langsam schob sich Yulal aus der Deckung und rief: »Etwas früher hättest du erscheinen können, Vernon. Ich bin knapp davongekommen.«

Vernon deutete mit der schweren Waffe auf die Überreste des Angreifers.

»Ich hasse es, wenn du unpünktlich bist. Ich war nahe daran, dir ernsthafte Vorhaltungen zu machen. War das die Zweite Raumlandedivision?«

In einem Kreis von schätzungsweise drei Metern Durchmesser waren Kleidungsfetzen, verbogene und ausgeglühte Metallteile und die Reste eines Organismus verteilt. Endlich hörte die Sirene zu gellen auf. Yulal starrte die Überreste an und schüttelte den Kopf; obwohl er hustete und sich räusperte, blieb seine Stimme rauh.

»Es muß ein Cantaro-Klon gewesen sein. Ein Ektopoden-Cyborg. Der einzige Vorteil, den ich hatte: Ich war nach seinem ersten Hieb schnell genug von der Nähe der Stelle, an der er auf mich oder auf uns gewartet hat, verschwunden – in Todesangst.«

Almod pfiff leise durch die Zähne. Jemand schaltete die Warnsummer aus. Die Stille, in der Wasser tropfte und Metall oder Kunststoff knackend abkühlte, ließ die Männer zusammenzucken.

»Bist du sicher, Partner?« Almod sah sich im verwüsteten Garagenraum um. »Ein Klon?«

»Ich bin sicher. Ich hab' ihn nur zweimal kurz gesehen, bevor ihn die Schüsse ... verminderten. Er sah aus wie der Leibwächter oder die rechte Hand Munsanos.«

»Cui bono?« brummte Vernon und zog Pete zum Eingang des Antigravschachtes. Er tastete eine Rufnummer in seinen ArmbandKom und rief Geo Sheremdoc. »Wem nützt es, wenn es ihm gelungen wäre, dich oder – welch eine unschöne Vorstellung! – uns beide umzubringen?«

»Falls es wirklich der Leibwächter des Bankmenschen war, kann er den Auftrag nur vom Munsano bekommen haben. Das läßt sich nachprüfen.«

Als sie hochzuschweben begannen, sahen sie gerade noch, wie sich aus allen Richtungen aufgeregte Menschen näherten. Sheremdoc versprach, sofort einen Agenten zu schicken, der den Hoteldirektor beruhigte und den Schaden aufnahm. Vernon dankte, schaltete ab und sagte leise: »Deine Kollegen von irgendwelchen Versicherungen werden sich die Haare raufen. Ihr habt eine Menge Volksvermögen vernichtet.«

»Die Gleiterindustrie und die Reparaturbetriebe freuen sich: neue Aufträge. Hast du Neema erreicht?«

Beide versuchten, den Schock und die Folgerungen dieses Ereignisses zu überspielen. Vernon nickte, zupfte am Ärmel von Yulals Jacke und hielt einen halb verschmorten, halb ausgefaserten handbreiten Streifen in den Fingern.

»Sie kommt. Du solltest dich vorher vielleicht umziehen. Vorher duschen und viel Rasierwasser. Du stinkst wie nach einer langen Nacht im Raumanzug.«

»Danke für den Tip.« Halb gedankenlos steckte Yulal die Waffe zurück, nachdem er sie gesichert hatte. »Ich wäre nicht von selbst auf diesen Einfall gekommen. Wir sprechen nachher in aller Ruhe darüber.«

Sie sahen die Stockwerksnummern an sich vorbei nach unten gleiten. Pet Yulal schüttelte sich, sah in Almods Gesicht und sagte:

»Bevor es mir entfällt: Danke für dein Eingreifen.«

»Do ut des.« Vernon grinste. »Ich gebe, damit du gibst. Bei Gelegenheit kannst du dich dann auch revanchieren.«

Pet packte einen Griff, zog sich zur Ausgangsöffnung und antwortete ernst: »Das kann schneller der Fall sein, als wir ahnen, Partner. In einer halben Stunde unten an der Bar, ja?«

Pet leerte mit pedantischer Gründlichkeit sämtliche Taschen seiner zerfetzten Jacke und Hose, warf deren traurige Reste in den Abfallschacht und tastete einen terranischen Musiksender. Er kontrollierte den Speicher seines Terminals: keine Nachricht, nur zwei Werbeangebote, die er löschte. Lange Duschen, heiß und kalt, und eine Robotmassage trieben die Verkrampfung aus seinen Muskeln; er merkte, daß er tatsächlich hungrig war und begann ganz langsam, die Ereignisse der letzten Stunde mit seinen bisherigen Überlegungen in Verbindung zu bringen. Vernon Almod und er gehörten zu den Männern, die vermutlich den Mordanschlag verhindern konnten; er selbst hatte sich als angeblicher Versicherungsvertreter zu weit aus der Deckung gewagt, und Munsanos Leibwächter sollte ihn daraufhin, für alle Fälle, beseitigen. Also bestand eine deutliche Verbindung zwischen dem akonischen Aristokraten ay Choozen und dem Privatbankherren Logar Munsano, dem Liebling aller Steuerbehörden.

Pet brachte Bart und Zopf in Ordnung, hüllte sich in den Bademantel und streckte sich im Ruhesessel aus. Er schloß die Augen, döste zehn Minuten lang und überdachte abermals die Situation, dann suchte er sorgfältig neue Kleidung heraus und zog sich an. Als er die Bar des Sharia betrat, fing er einen begeisterten Blick Neema Strattons auf; Vernon, der neben ihr saß, grinste zufrieden. Als er nach der Hand Neemas griff, zuckte ein Gedanke wie ein kleiner Blitz durch Pets Kopf: Wenn Seyit ay Choozen etwas mit dem geplanten Anschlag zu tun hatte, zählte auch Neema zu den gefährdeten Personen. Allein schon deshalb, weil sie in seiner Gegenwart gesehen werden konnte. Was konnte er dagegen tun?

»Der alte Philosoph Seneca würde sagen: Vivere militare est.« Vernon rückte zur Seite, als Pet die junge Frau begrüßte. Sie schien sein Zögern bemerkt zu haben.

»Für euch Jungterraner: Leben heißt kämpfen. Du scheinst selbst mit deinem Abenddreß die mißlichen Erlebnisse zu bekämpfen. Schick, Partner!«

Pet trug eine fast weiße, offene Jacke und darunter einen dünnen Pullover, in dessen Stoff polymerisierte Asteroidenglasfäden verwoben waren; jede Bewegung verwandelte den Stoff in eine Art schillernden Ausschnitt des Sternenhimmels.

»Welche Mißlichkeiten hast du überlebt?« fragte Neema. »Gehaltskürzung?«

»So könnte man es nennen.« Pet lachte und bestellte ganz gegen seine Gewohnheit einen alkoholfreien Drink. Er zündete sich eine Derivatzigarette an und lehnte sich zurück. »Es wäre beinahe auf einen kurzgefaßten Antrag auf Invalidenrente hinausgelaufen. Es gibt zu viele Böslinge in der Stadt. Einen traf ich, aber er traf mich nicht.«

»Er spricht in Rätseln«, sagte Vernon und warf Pet einen warnenden Blick zu. Pet nickte fast unmerklich; es war besser, Neema nicht zusätzlich zu erschrecken und zu verunsichern. Noch schien sie nichts von den Verwicklungen ihres Chefs zu wissen. Pet hörte seinen Magen knurren und sagte zu Neema:

»Was sein albernes Latein ist, versuch ich mit Sinnsprüchen. Das soll heißen: Die Geschosse seiner Wut trafen mich nicht, obwohl wir uns gegenüberstanden. Wie war dein Tag?«

»Offensichtlich weniger aufregend als deiner.« Neema hatte ihr Haar zu einer kompliziert aussehenden Hochfrisur aufgesteckt und wirkte entspannt. Sie schien sich auf den Abend ebenso zu freuen wie Pet und Vernon. »Choozen-Export beschäftigt seine Hilfskräfte unausgesetzt, aber nur selten mit überraschenden Problemen. Tagtäglicher Kleinkram zwischen Importeuren und Exporteuren.«

Der Kellner kam und bat sie an den reservierten

Tisch. Sie saßen im Innenhof, in einer Zone indirekten Lichts und unter den Blättern eines Baumes. Pets Appetit wuchs nach dem zweiten Zwischengericht; er bestellte die doppelte Portion des Hauptganges. Vernon bemühte sich um eine lockere Unterhaltung; er erzählte halb erfundene Geschichten aus seiner Zeit als junger Hanse-Spezialist. Vor der Nachspeise erwachten auch Pets Lebensgeister wieder. Nach dem Marc de Champagne, der den Nachtisch krönte – Pet aß auch davon zwei Portionen –, entschuldigte sich Vernon und murmelte etwas von einem voraussichtlich harten Arbeitstag, der schon im Morgengrauen begann.

Pet war mit Neema allein. Sie warteten, bis die Robots abserviert hatten und sahen sich über die Gläser hinweg an. Pet brachte Neema nach Hause und blieb bis nach Mitternacht. Als sie sich in der dämmerigen Diele abschiednehmend umarmten, sagte Pet in einem Tonfall, der Neemas Widerspruch ausschalten sollte: »Mitunter ist mein Beruf gefährlich. Wenn du auch nur die geringste Befürchtung hast, daß du deswegen Schwierigkeiten bekommst, oder wenn dich jemand bedrohen sollte – ruf mich augenblicklich an. Oder komm zu mir, oder zu Vernon. Du bedeutest mir viel; stell' jetzt keine Fragen.«

Sie nickte schweigend; ihre Augen wurden dunkel, tiefe Querfalten erschienen auf ihrer Stirn.

»Versprich es«, sagte er drängend und küßte sie.

Sie nickte. »Ich versprech's Pet.«

Pet lauschte einige Atemzüge lang und zog seine Waffe, bevor er die Sperre des Türschlosses dekodierte; kein angreifender Klon wartete auf ihn.

Auf dem Monitor des Terminals blinkten mehrere Zeilen. Pet durchquerte den Raum, las die Botschaft und blieb einige Sekunden lang starr stehen. Er sah auf die Uhr: einige Minuten nach Zwei. Pet schaltete auf akustische Wiedergabe, hörte zweimal die Nachricht und tastete die digitale Bildwiedergabe ein. Rip Selaco erschien auf dem Schirm und formulierte seine Bitte, er wirkte weder besonders aufgeregt noch im mindesten verängstigt, dennoch hörte Pet die Meldung noch zweimal ab und beobachtete gleichzeitig das Abbild des Bankers.

Beim dritten Durchlauf wußte er, daß er sich nicht geirrt hatte. Der Bildhintergrund, ein Teil des Wohnraums Selacos, veränderte sich während der letzten vier Worte: Ein Schatten fiel auf Wandregale und Möbel und veränderte sich nicht mehr, bis die Verbindung getrennt war.

Pet betrachtete den Schatten und fühlte, wie sich in seiner Magengegend ein kleiner Knoten verhärtete.

Er las die Nummer des jungen Bankers ab, wählte sie und fragte sich, ob er sich die unbewußte, sorgenvolle Dringlichkeit in Selacos Worten sich nur einbildete, oder ob dessen Wunsch nach einem Rat etwas mit diesem Schatten zu tun hatte; ein aberwitziges Bild huschte durch seine Gedanken.

Selaco meldete sich nicht.

Auch Selacos Terminal schaltete sich nicht ein. Pet wartete einige Minuten, starrte das stehende Bild an und zuckte mit den Schultern.

»Wahrscheinlich wird mich Vernon auf Lateinisch verfluchen.« Er griff nach der Tastatur, ließ sich mit Almods Apartment verbinden und wartete, bis sich Vernon meldete.

»Keine Geistreicheleien, Partner«, sagte Pet in scharfem Tonfall. »Zieh dich an. Wir müssen zu diesem jungen Banker. Sofort. Ich glaube, der Junge ist in Gefahr. Steck die Bordgeschütze ein, ich erklär's dir unten. Ich warte mit dem Gleiter vor dem Hotel.«

»In Ordnung. Ich komme.«

Vernon trennte die Verbindung. Pet befestigte das ArmbandKom, kontrollierte einige Magazine und einen

Energiepack und sah die Waffe durch. Der harte Knoten in seinem Magen wurde größer, als er das Apartment verließ und den Gleiter aus der Garage holte. Er grinste flüchtig, als er sah, daß der meiste Schrott weggebracht und ein Teil der Verwüstungen beseitigt war. Die rote, kaum beschädigte Maschine summte über die Rampe in die Nacht hinaus.

»Es scheint, daß Rip Selaco in seiner Bank oder in seiner täglichen Arbeit während der letzten Tage etwas gefunden hat, das ihn stark beunruhigt. Wenn er sich an mich wendet, einen Mann, den er kaum kennt, kann es keine Kleinigkeit sein.« Pet jagte den Gleiter über die Piste; um diese Zeit war wenig störender Verkehr. »Gibst du mir recht?«

»Ausnahmsweise. Schließlich arbeitet er in der Bank Munsanos. Wenn ihm dort etwas aufgefallen sein sollte, hat es mit unserem Problem zu tun.«

»Wir werden es bald von ihm erfahren«, sagte Pet. »Dort drüben, der weiße Wohnturm.«

Pet bog von der Schnellpiste ab, fegte durch einen kurzen Tunnel und verringerte die Geschwindigkeit, bog nach rechts und schwebte auf den hell beleuchteten Eingang zu. Ein weißer Gleiter mit roter Schrift parkte neben zwei Gleitern der Terrania-City-Polizei. Pet und Vernon wechselten einen kurzen Blick; Pet steuerte auf die Gruppe der uniformierten Männer zu, hielt an und zog, schon als er ausstieg, seinen Ausweis.

»Was hat das alles hier zu bedeuten?« Seine Stimme klang gepreßt. »Ein Unfall?«

Vernon schwieg. Sie betrachteten die Männer und die blinkenden, summenden Roboter einer Untersuchungseinheit. Im Inneren des Sanitätsgleiters lag ein weißer Kunststoffsarg. Der Diensttuende wandte sich an die beiden Agenten, betrachtete die Ausweise und nickte langsam.

»Das wissen wir noch nicht genau. Wenn es kein Unfall war, dann vermutlich ein Selbstmord.« Er deutete an der Gebäudefront hinauf.

»Neunzehntes Stockwerk?« fragte Pet. Der Uniformierte nickte.

»Rip Selaco, der Bankanalytiker?«

»Der Hausverantwortliche hat ihn identifiziert. Zwei Beamte sind in seinem Apartment.«

Pet senkte den Kopf und warf einen langen Blick auf den Sarg. Der Klumpen in seinem Magen war groß und hart geworden, zwischen den Schulterblättern spürte er kalten Schweiß. Vernon zog ihn am Arm zum Eingang des Wohnturms.

7.

Der Hausmeister hatte das Türschloß geöffnet. Zwei Beamte schienen die Wohnung bereits durchsucht und die Ergebnisse auf Videochips dokumentiert zu haben; sie erkannten auf den holografischen Ausweiskarten die Bedeutung der Hanse-Spezialisten und gaben das Apartment frei. Pet setzte sich auf die Kante einer lederbezogenen Couch, musterte die Einrichtung, sah zuerst die weit offene Balkontür und ließ dann seine Blicke über jede Einzelheit gleiten. Vernon durchsuchte die Räume, die an den großen Wohnraum grenzten.

»Was er von mir wollte, kann ich nicht sehen«, sagte Pet laut. »Und wenn es so gigantisch war, daß er sich deswegen vom Balkon stürzte, hätte er es vorher an mich abgeschickt.«

Er erkannte jenen Teil der Einrichtung wieder, auf den der Schatten in Selacos optischer Botschaft gefallen war; rechts neben der Eingangstür, von einem Leuchtfeld im Korridor hervorgerufen.

»Glaubst du an Selbstmord?« rief Vernon aus dem Bad.

»Nach längerem Nachdenken: Nein. Ich hab' nur den fragwürdigen Schatten als Beweis. Ich glaube, ein wohlwollender Gönner hat Rip Selaco vom Balkon geworfen. Vielleicht erfahren wir nach der Untersuchung und dem Sezieren mehr. Wo versteckt ein Banker wichtige Informationen?«

»Wenn er sie offen liegengelassen hat, nahm sie der wohlwollende Gönner mit.« Vernon lachte kurz und humorlos. »Die beiden Polizisten hätten sie gefunden, wenn sie weniger offen herumgelegen wären. Hast du schon an die Syntronik gedacht?«

»Schon mehrmals. Kennst du das Kodewort?«

»Nein. Du etwa?«

»Streng dich an, Partner. Oder muß ich es dir zeigen, wie ...?«

»Geschenkt.« Pet hatte den Sessel vor das Terminal geschwungen, aktivierte das Gerät und rief das Dateiverzeichnis auf. Aus dem Hintergrund sagte Vernon Almod:

»Er scheint ein typischer Bankmensch gewesen sein. Eine Wohnung ohne Geheimnisse. Nicht ungemütlich, aber ohne die intellektuelle Herausforderung, Verstecke suchen zu wollen.«

Pet nickte. Er studierte die Bezeichnungen der Dateien, die allesamt Begriffe aus der Welt des Geldes zu sein schienen; mehr als die Hälfte waren für ihn absolute Fremdwörter. Er fand weder seinen Namen noch einen lateinischen Begriff; nach dem ersten Durchlauf gab die Syntronik nichts preis, was ihn auf ein Versteck der Daten und Informationen führen konnte. Vernon murmelte:

»Das gleiche in verschärfter Gangart, Partner. Tritt in den Dialog mit der Syntronik ein.«

»Bin gerade dabei.«

Pet verzichtete, um sich nicht selbst abzulenken, auf einen akustischen Dialog mit der Syntronik. Seine Finger flogen über die Tastatur und riefen die Aufzeichnungen ab, die der unglückliche Banker bis zum Augenblick seines Todes gespeichert hatte; langsam lief in der Statuszeile die Zeit rückwärts. Es dauerte nur dreißig Sekunden, bis eine Liste der gespeicherten Datenblöcke umformatiert worden war. Pet nahm nacheinander, jedesmal an mehreren willkürlich ausgewählten Stellen, Einblick in den Text und vergaß vorübergehend die Umgebung: nach ungefähr hundert Stichproben sprangen ihm förmlich die Begriffe *Munsano, ay Choozen, Chukor, Ferramon Bank Ltd., Vakkund Capital* entgegen. Er ging zum Anfang des Datenblocks, der unter *Internes Memorandum* abgelegt worden war.

Pet las aufmerksam, sah auf die Uhr, erinnerte sich und spürte die Gegenwart Vernon Almods in seinem Rücken.

»Der arme Kerl«, sagte er leise und deutete auf die Monitoren, auf denen sich der druckfertige Text formierte. »Keine vierundzwanzig Stunden, nachdem er dies hier herausgefunden hat, ist er umgebracht worden.«

Mit fast unhörbarem Summen sprang der Printer an und produzierte etwa zehn engbedruckte Seiten. Pet drehte den Sessel herum und starrte Vernon ins Gesicht.

»Unsere Vollmachten sind weitreichend, Partner. Trotzdem werde ich diesen Text an Geo Sheremdoc schicken. Da haben wir den fabelhaften Knoten unserer vielen losen Enden. Ist dir klar, was Rip Selaco herausgefunden hat? Es ist die Dokumentation eines voraussichtlich gigantischen Schwindels. Meine zusätzliche Folgerung und dazu gehört nicht viel Spürsinn: Zusammen mit Kytan ay Marunochy sollen die Erste Terranerin und Homer G. Adams ausgelöscht werden. Wie gehen wir weiter vor, Vernon?«

»Mit aller Konsequenz. Wir sollten uns trotzdem der vollen Rückendeckung Geos versichern. Schließlich geht es um Koka Szari Misona, unsere Erste Terranerin.«

»Einverstanden.«

Pet sprach einen kurzen, einführenden Text für den LFT-Kommissar, fügte den Datenblock des *Internen Memorandums* hinzu und schloß: »Almod und Yulal sind auf dem Weg zurück in ihr Hotel; wir empfehlen einen Doppeleinsatz am frühen Morgen, in jedem Fall zum frühestmöglichen Zeitpunkt. Ende.«

Die Syntronik übermittelte den Text an Sheremdoc. Pet befahl dem Gerät, sämtliche Wiedergabefunktionen einzustellen und nur gegenüber Sheremdoc, Yulal und Almod zu reagieren, aber weiterhin alles aufzunehmen, was an Informationen einlief; dann desaktivierte er sämtliche Peripheriegeräte und stand auf.

»Gehen wir.« Vernon faltete den Ausdruck zusammen und nickte ernst. Er sah auf die Uhr. »Vielleicht bekommen wir sogar schon ein Frühstück im Hotel. Erfolg macht mich hungrig. Weißt du etwas über die Lage in Munsano Mansion?«

Pet schüttelte den Kopf.

»Das wird uns Geo, schlecht gelaunt, höchstwahrscheinlich in ein paar Minuten sagen können.« Pet schloß die Terrassentür, löschte sämtliche Beleuchtungskörper und folgte Vernon.

Nur während der Stunden weit nach Mitternacht und vor der Morgendämmerung waren die Gleiterpisten und die breiten Straßen T'Citys ohne den üblichen starken Verkehr; Pets und Almods roter Gleiter fegte mit annähernd Höchstgeschwindigkeit über die Antares-Road. Pet überholte nur wenige andere Fahrzeuge. Die beiden schwiegen und dachten an die Dreiergruppe

Munsano, Chukor und Choozen, an den Kytan und den prunkvollen Tagungsort, den Munsano zur Verfügung gestellt hatte, an die vielfältigen Risiken ihres Vorhabens.

»Ich werde mich in ein paar Stunden intensiv um die Firma Choozen-Export kümmern«, sagte Almod nach einigen Minuten. »Ich kenne mittlerweile sämtliche Aktivitäten und deren Standorte. Übernimmst du Logar Munsanos Bank?«

»Ja. Da ich mit Choozen schon zusammengetroffen bin, wird seine Überraschung größer sein, wenn du ihn in die Enge treibst ...«

Geo Sheremdoc meldete sich erst, als sie längst in ihren Hotelapartments waren. Sein asketisches Gesicht zeigte die Linien tiefer Müdigkeit, sein kahler Schädel glänzte im Licht eines Tiefstrahlers.

»Zu euren Fragen«, sagte er und schien ein Gähnen zu unterdrücken. »Homer Adams und Misona sind noch immer im Humanidrom. Sie sind also im Augenblick weitestgehend ungefährdet; ich kann den Zeitpunkt, an dem sie hier am Goshunsee eintreffen, fast nach Belieben hinauszögern.«

»Das wird nicht nötig sein, denke ich«, sagte Vernon und betrachtete fasziniert Geos kantiges Kinn unter dem schmalen, verkniffenen Gesicht. »Ist der Kytan mit den Wächtern seines wertvollen Leibes schon eingetroffen?«

»Nein. Auch nicht. Ich hab' das Selaco-Memorandum gebührend studiert und einige Fachleute aus dem Schlaf geholt. Sie bestätigten meine Annahme: Wir haben deutliche Hinweise für ein kolossales Finanzvergehen, aber keine Beweise dafür, daß einer der drei Männer den Kytan und die Erste Terranerin umbringen will, dazu Homer Adam. Was wir zu ahnen glauben, was wir uns vorstellen, das können wir nicht beweisen.«

»Richtig.« Pet nickte. »Vorausgesetzt, einer von ihnen verrät sich. Ein Angriff auf mich, mit bekannten Schäden, ein Mord an unserem Informanten Selaco – das genügt leider nicht. Ich stutze, wenn ich daran denke, daß in Munsano Mansion, beim Treffen, zwar Logar Munsano anwesend ist, aber auch sein Leibwächter.«

»Wir haben keine neuen Erkenntnisse über Golph Pyun. Inzwischen haben wir jeden Grashalm und buchstäblich jeden einzelnen Quadratzentimeter des Gebäudes und der nahen Umgebung abgesucht, durchleuchtet, auf Möglichkeiten für ein Attentat untersucht: ich sage euch, hier ist nichts. Die Gefahr kommt von draußen.«

Pet suchte nach einer Zigarette und starrte in Geos Augen.

»Das heißt, daß möglicherweise ein potentielles Opfer die Vernichtung mit sich bringt. Oder Munsano schleust den Attentäter ein. Seinen Leibwächter also; niemand sonst hat Zutritt. Bist du sicher?«

»Was Munsano Mansion betrifft: Ja. Neunundneunzig verdammte Prozent.« Geo nickte scharf. »Wieviel Unterstützung braucht ihr? Wann?«

»Ab Sonnenaufgang jeweils eine Abteilung Raumlandetruppen.« Vernon schien bestimmte Merkmale an den Fingern aufzuzählen. »Für Gebäudeeinsatz ausgebildet und ausgerüstet. Auf Abruf bereit. Mit dem Einsatzleiter bestimmen wir die Ziele.«

Wieder nickte Geo. »Sie werden euch in spätestens einer Stunde anrufen. Hast du nicht den Eindruck, Petjar Yulal, daß ihr zu hoch spielt? Wer trägt die Verantwortung, wenn ihr euch irrt – wenn wir uns irren?«

»Du natürlich.« Vernon lachte und warf einen Blick auf die Uhr. »So wie für die Überwachung und den Schutz Neema Strattons. Wir sind bloß kleine Rädchen, und wir können uns im Dschungel der Großstadt kleine Fehler leisten.«

Sheremdoc blieb ruhig; »Ihr spielt verdammt hoch, Freunde!«

»Wir unterstellen unserem Triumvirat, daß sie einen intelligenten Plan gefaßt haben.« Vernon Almod schien seine innersten Überzeugungen zusammenzufassen und klar auszusprechen. »Wir unterstellen ihnen aber auch, daß sie im entscheidenden Moment glauben, es nur mit zwei kleinen Lichtern aus der galaktischen Provinz zu tun zu haben. Pet hat seine erste Vorstellung schon gegeben. Einer wird versuchen, uns verschwinden zu lassen, und deshalb brauchen wir ein paar Raumlandedivisionen. Du wirst deine nervösen Hände schützend über uns halten, Geo?«

»Mir bleibt nichts anders übrig. Noch etwas: Ihr werdet alles gebührend dokumentieren!«

»Selbstverständlich. Kennwort: Vae victis. Wehe den Besiegten.«

»Meinethalben. Bleibt empfangsbereit, ja?«

Sie nickten ihm zu; das Hologramm löste sich auf. Es war genügend Zeit für ein ausgedehntes Frühstück; weder Logar Munsano nach Seyit ay Choozen begannen ihren Arbeitstag vor neun Uhr morgens. Das Versprechen eines monströsen Trinkgeldes ließ einen Koch und einen Kellner tätig werden. Pet und Vernon waren im gähnend leeren Saal die einzigen Gäste.

8.

Nach dem Ende des Frühstücks und vor dem Duschen sprach Petjar Yulal jedes Detail mit Marxia Talwyn durch. Sie führte die fünfunddreißig Männer der Sondereinheit an und schien schwer zu beeindrucken; Pet sah, daß sie auf dem Monitor bereits die Pläne von Munsano Tower studierte. Marxia, etwa fünfzigjährig, hob den Kopf und betrachtete Pet mit kühlen Blicken. Ihr weißes Haar war kaum länger als dreißig Millimeter und lag glatt am Kopf an.

»Wann rechnest du mit unserem Eingreifen?«

»Etwa fünfzehn Minuten, nachdem ich das erste Wort mit Munsano gewechselt habe. Ich hab' eine Mikrokamera, außerdem hörst du mit. Auf Wunsch schalten wir auf die Geräte aller deiner Männer. Ich rechne mit einem rasenden Multi-Cyborg-Ektopoden und, höchstwahrscheinlich, mit seinen Satelliten. Munsano schießt nicht selbst; er läßt diskret morden.«

»Begreiflich. Macht weniger Arbeit.« Marxia sah auf die mitlaufenden Digitalziffern der Zeitangabe. »Ab Punkt neun steht meine Gruppe an jedem besprochenen Punkt einsatzbereit. Stichwort: *Vae victis.*«

»Genauso. Ich wollte meinem Partner eine Freude machen. Er geht gerade seinen Einsatz mit Nayuna Shyram durch.«

»Bei ihr ist er in guten Händen. Ich geh zu meinen Leuten – lenke mich nicht mit langweiligen Selbstgesprächen ab.« Sie deutete auf die Schulterkamera, die wie ein Teil der Schulterstickerei ihrer Jacke aussah. Pets Gerät befand sich in einem blinkenden, daumengroßen Hemdsticker des Herstellers.

»Ich schweige in tiefer Nachdenklichkeit«, sagte Pet. »Noch etwas: wir brauchen sie alle lebend.«

»Begriffen. Viel Glück!«

Das Bild auf dem Videophonmonitor erlosch. Pet kontrollierte pedantisch genau seine Ausrüstung und, obwohl er sie seit dem letzten Check nicht benutzt hatte, auch seine Waffe. Langsam ging er zur Tür des Nachbarapartements und wartete, bis Vernon öffnete. Sie wechselten einen kurzen Blick.

»Alles klar?« fragte Vernon.

»Zumindest weiß ich, was ich versuche. Um es das

zehntemal zu wiederholen: Ich rechne damit, daß sich Munsano genau jene Blöße gibt, mit der wir rechnen.«

Vernon schlug Pet auf die Schulter und sagte leise:

»Laß dich weder von der Pracht seines Bankgebäudes noch von seiner Arroganz beeindrucken. Auch Schurken haben blendende Manieren.«

Pet Yulal nickte ihm zu und ging zum Antigravschacht. Vor dem Hotel wartete ein Gleiter, dessen Pilot zu Marxia Talwyns Team gehörte. Pet schwang sich in den Kopilotensitz, musterte den jungen Mann und sagte:

»In die Nähe des Munsano Towers.« Er sah, daß der Raumsoldat seine Ausrüstung noch nicht angelegt hatte. »Und dort sehen wir zu, ob wir in der Lage sind, die Galaxis zu retten. Los!«

Der Gleiter beschleunigte. Pet Yulal lehnte sich zurück und versuchte, den Flug durch den anschwellenden Morgenverkehr Terrania Citys zu genießen.

Der Gleiter stoppte vor einer Garageneinfahrt, etwa zweihundert Schritte vom pompösen Eingang des Bankgebäudes entfernt. Der Pilot deutete auf das geschlossene Tor und murmelte: »Treffpunkt meiner Gruppe. Viel Erfolg, Yulal!«

»Danke. Gleichfalls. Die Funkstrecke ist in Ordnung?«

»Getestet.« Der Soldat deutete auf Pets Markenschild, grinste kalt und nickte. »Funktioniert alles wunschgemäß.«

Pet grinste zurück. Er hatte nichts anderes als äußerste Professionalität erwartet. Er warf die Gleitertür ins Schloß und ging ohne jede Eile unter den Kronen großer Bäume zum Fuß des Hochhauses. Bewegungen, Farben und Geräusche des späten Morgens in der schönsten Stadt des Planeten beeindruckten ihn und erfüllten ihn mit einer gefährlichen Zuversicht.

Der Tower, ein Bauwerk von etwa hundertfünfzig Stockwerken, verblendet mit weißem und silbern funkelndem Gestein, ausgestattet mit solaraktiven Glassitfassaden, architektonisch interessanten Kanzeln und einer scheinbar schwerelos schwebenden transparenten Eingangskuppel, hatte einen eigenen Schnellbahneingang tief unter Pets Sohlen. Einzelne Angestellte kamen, ein wenig eiliger als Pet, aus allen Richtungen und passierten die weit offenen Türen. Gruppen von verschlafenen, fröhlichen oder hektischen Terranern strömten unter dem Dach zusammen. Er schloß sich ihnen an, las die Logos und Piktogramme der vielen Firmen, die außer der Munsano Guaranty Trust-Bank ihren Sitz im Büroturm hatten; im Zentrum der Eingangshalle wechselten einander flirrende Hologramme ab. Ein Dutzend Ein- und Ausgänge von Antigravlifts mündete in die Halle, an deren Rand kleine Geschäfte, Bars, Shops und Geschäfte ihrer Schaufenster beleuchtet und die Türen geöffnet hatten. Musik, gerade noch im Bereich des Wahrnehmbaren, durchflutete die Eingangslandschaft.

»Beeindruckend«, murmelte Pet. Er sah auf die Uhr. »Neun Uhr elf. Ich riskier's. Übrigens trete ich als Hanse-Wirtschaftsprüfer auf. Doktor Petjar Yulal. Ende.«

Der winzige Lautsprecher in seinem linken Ohr wisperte: »Verstanden.«

Wieder bildete sich in seinem Magen ein Klumpen. Im dreidimensionalen Farbenspiel der Hologramme unter der Kuppel der Eingangshalle las er schließlich, winzig klein: *L. Munsano – Privatbüro, Penthouse: 149, 150, 150 A.*

Er setzte einen gleichgültigen Gesichtsausdruck auf und schloß sich einer Gruppe junger Frauen und Männer an, die eine dynamische Unterhaltung über irgendwelche lose verzinslichen Papiere mit nie gehörtem Namen führten. Sie beachteten ihn nicht. Ruhig schwebte er aufwärts; die meisten Mitpassagiere der Röhre verließen sie im unteren Drittel, andere in höheren Stockwerken; er war allein. Der Lift endete im 145. Stockwerk. Hier gab es eine gemütliche Cafeteria, eine Sitzinsel, von Pflanzen mit weißen Blüten umwuchert. Pet trat in einen mechanischen Lift, der auf der 149. Ebene endete. Pet sah sich vor einer prächtigen Treppe, die zu einer Art Balkon hinaufführte, der über eine Büroebene thronte. Dahinter erstreckte sich ein Halbrund verglaster Arbeitsräume, in einzelne Funktionsgruppen aufgeteilt.

Das fahle Leuchten überraschend vieler Bildschirme und das Glimmen großer Holoprojektoren kämpfte gegen das Tageslicht an, das fast einen halben Kilometer über der Stadt gegen die Panoramascheiben prallte.

Die Halo-Piktogramme, die ihn zum Direktionsbüro führen sollten, waren so gut wie überflüssig. Pet murmelte: »Ich renne gegen das blonde Bollwerk an.«

Er ging die Stufen hinauf, blieb hinter einem surreal geformten Sessel stehen und versuchte den Wert des weiß und golden tieflackierten Schreibtisches zu taxieren. Eine junge Frau, unwahrscheinlich kostbar gestylt, lehnte dekorativ und langbeinig an der Schreibtischkante. Sie wirkte unnahbar, tüchtig und kalt. Ihre Stimme drückte ein Höchstmaß an Mißbilligung aus.

»Guten Morgen. Wir haben nicht häufig Besucher, die sich bis hier herauf verirren.«

»Ich hab' mich nicht verirrt, Schwester«, sagte Pet. »Darf ich?«

Sie nickte. Pet setzte sich. Der Sessel war unerwartet bequem.

»Ich habe mich vor knapp einer Stunde angemeldet. Doktor Petjar Yulal. Kosmische Hanse. Abteilung für schwierige Ermittlungen.«

»Ah. Um deinen Wunsch an den Herrn Direktor heranzutragen, war noch nicht die rechte Zeit.« Die Sekretärin schenkte ihm ein kurzes, berufsmäßiges Lächeln. »Ich kann nichts versprechen. Logar Munsano ist gerade in einer äußerst wichtigen Konferenz. Ich bin sicher: Ich darf ihn nicht stören.«

Yulal versuchte ein ebenso unverbindliches Lächeln. Die blonde Schönheit zuckte gequält zusammen. Yulal hob die Hand.

»Ich bin sicher: Du wirst ihn stören. Richte ihm bitte aus, ich komme wegen eines seiner Mitarbeiter. Er war vor kurzer Zeit mindestens so lebendig wie du und ich. Jetzt ist er tot. Sein Name ist ... hmm, ...war Rip Selaco. Ein reizender, tüchtiger junger Mann.«

Sie starrte ihn mißtrauisch an und nagte mit schneeweißen Zähnen an der Unterlippe.

»Ich werde es versuchen, Doktor Yulal.«

»Ich bitte höflichst, aber ebenso offiziell darum.«

Sie zog die Schultern hoch, fuhr mit der Zunge über die Lippen und stieß sich von der Tischkante ab. Sie ging über eine Art teppichbelegten Steg in einen breiten Korridor, eine Ebene höher als die Büros, ließ eine Tür zurückgleiten und verschwand. Ihre Hüften, ihr Gang waren sensationell. Pet wartete etwa eine Minute, dann kam die Sekretärin zurück und führte ihn bis zum Ende des kurzen Korridors. Vor einer Doppeltür, deren Front mit Edelholzintarsien bedeckt war, machte sie halt. Sie klopfte, eine Türhälfte schwang nach innen. Die Frau deutete hinein.

»Doktor Yulal. Munsano erwartet dich.«

Während sich die Tür hinter ihm lautlos schloß, ging Pet in den Raum hinein. Die Inneneinrichtung war zweifellos von mehreren teuren Innenarchitekten für Arbeitsräume von Chefs eingerichtet, die mehr als zehn Millionen Galax Jahreseinkommen hatten. Zwei Männer befanden sich in dem luxuriösen Raum; ein relativ jüngerer und ein älterer, sehr teuer gekleidet, von der Aura der Erfolgreichen umgeben. Sie betrachteten ihn wie einen stinkenden, heruntergekommenen Bittsteller. Pet rief mit erzwungener Fröhlichkeit: »Oh! Das nenne ich arbeiten – in standesgemäßer Umgebung!«

Der Ältere löste sich aus der schweigenden Betrachtung eines Hologramms und kam auf Pet zu. Trotz seines Alters bewegte er sich geschmeidig und lautlos über den hochflorigen Teppich. Eineinhalb Schritt vor Yulal blieb er stehen; sein Gesichtsausdruck ließ keinerlei Regung erkennen.

»Petjar Yulal«, sagte Pet und starrte in graue Augen, die mit dem hellgrauen Haar harmonierten. Sein Gegenüber nickte kaum merklich und sagte plötzlich mit tiefer, schleppender Stimme:

»Ich bin Logar Munsano. Ich kann mich nicht erinnern, schon deine Bekanntschaft gemacht zu haben.«

»Das läßt sich schnell nachholen.«

»Es wird mir sicher ein Vergnügen sein.«

Munsano tastete Pet mit kalten Blicken ab, versuchte ihn einzuschätzen und zu erraten, was er wollte. Pet antwortete:

»Ob dies ein Vergnügen sein wird, bleibt abzuwarten.« Er wußte, daß in dieser Sekunde der Kampf begann. Er war entschlossen, ihn nicht zu verlieren.

»Wie darf ich das verstehen?« Munsano zog die silbrigen Brauen hoch.

»Es war nur ein Hinweis, nicht mehr.«

Hinter dem zweiten, weniger großen Schreibtisch saß der jüngere Mann. Yulal hatte ihn erkannt, tat aber so, als wisse er nichts über Waris Chukor, den Direktor der Außenhandels-Abteilung der Bank. Im Hanse-Dossier war er als Abenteurer und Spieler charakterisiert; ein gutaussehender, glattrasierter Mann mit schnellen Augen. Munsano entspannte sich ein wenig, drehte sich halb herum und deutete auf den Sessel gegenüber seines Arbeitstisches.

»Etwas zu trinken, Doktor?«

»Danke. Nein.« Yulal schüttelte den Kopf. Munsano ließ sich von seinem anscheinend vergoldeten Servomodul ein bauchiges Glas mit einer goldbraunen Flüssigkeit reichen. Er schwenkte es, roch mit geschlossenen Augen daran, nickte anerkennend und nippte daran.

»Eines von meinen kleinen Lastern«, gestand er mit leichtem Lächeln; als müsse er sich bei Yulal entschuldigen. Yulal dachte grimmig: *Wenn mich nicht alles täuscht, kenne ich auch einige deiner größeren Laster, und gleich werden wir darüber sprechen.*

»Was hast du meiner Sekretärin gesagt?« fragte Munsano. »Um welche Sache handelt es sich?«

»Es handelt sich nicht um eine Sache.« Yulals Stimme war scharf geworden. »Sondern um einen Menschen. Genauer: um einen liebenswürdigen jungen Mann. Rip Selaco war einer deiner Angestellten, ein fleißiger Mann, der nach Dienstschluß im Interesse deiner Bank arbeitete ...«

»Richtig! Das hat mich neugierig gemacht.« Munsano und Pet setzten sich an den großen Schreibtisch. Die Wand in Pets Rücken nahm eine Batterie von kaum weniger als vierzig Monitoren ein. »Deshalb habe ich dich hereinbitten lassen. Bedauerlich, daß er sich selbst umgebracht hat. Hat niemand erwartet; wahrscheinlich war er krank.« Munsano schob das Glas auf der polierten Platte hin und her. »Du wolltest mir von ihm erzählen. Wie verhält es sich damit?«

Waris Chukor hatte sich zurückgelehnt und schien völlig unbeeindruckt. Die Wand hinter ihm war von Kunstobjekten, vermutlich ebenso einzigartig wie unbezahlbar, bedeckt: Bilder, Plastiken und Hologramme. Pet kannte keines davon, lehnte sich zurück und fragte: »Wo soll ich mit meiner Geschichte anfangen?«

»Wo immer du möchtest.« Munsanos Lächeln war nichtssagend. Wieder roch er an dem uralten Alkohol.

»Am Anfang, praktischerweise. Wird sie lange dauern?«

»Nicht sehr lange«, versicherte Yulal. »Böse Geschichten sind stets kurz.«

Er holte tief Luft und blickte zwischen Munsano und Chukor hin und her. Dann sagte er:

»Die Firma Vakkund Capital und eine ähnlich dubiose akonische Privatbank erhielten kürzlich von der Ferramon-Bank auf dem Planeten Stiftermann Drei eine großdimensionierte Bürgschaft. Die Ferramon-Bank ist eine namensgleiche Zweigstelle von Munsano Guaranty Trust. M.G.T., das bist du, Logar Munsano. Waris Chukor, der Besitzer von Vakkund Capital, dem laut Bankenauskunft und jedem anderen glaubwürdigen Dossier kein klar denkender Mensch auch nur einen Galax leihen geschweige für ihn bürgen würde, sitzt friedlich in deinem Büro, wirft uns schöne Blicke zu und schweigt.«

»Bis jetzt hast du nichts erzählt, was mich beunruhigt.« Munsano schien gut vorbereitet zu sein. »Ob ich mit einem risikobereiten Mann zusammenarbeite oder nicht, ist meine Sache.«

»Bis jetzt interessiert der Fall schlimmstenfalls die Bankenaufsicht.« Yulal zuckte mit den Schultern. »Rip Selaco fand dies alles heraus, mitsamt anderen, weniger gravierenden Einzelheiten, verständigte dich davon und legte eine Kopie für sich an. Daraufhin warf ihn jemand mitten in der Nacht aus dem neunzehnten Stockwerk.«

»Also kein Selbstmord?«

»Kein Selbstmord. Mord. Rip Selaco rief mich an, wollte meinen Rat. Während des Gesprächs drang der Mörder in sein Apartment ein und kam in den Bereich der Syntron-Aufnahmeoptik. Wir analysierten das Bild, und zum Erstaunen aller Sicherheitsspezialisten – den gleichen, die auch deine Luxusherberge untersuchten und für die Sicherheit des Kytans haften – erhielten wir ein feines Konterfei deines Leibwächters. Genauer das seines Zwillings- oder Drillingsbruders. Großes Erstaunen allerseits. Wenn dein Leibwächter Rip Selaco umgebracht hat, wirst du bald in Erklärungsnotstand kommen. Halt. Ich bin noch nicht fertig.«

Munsano hatte das Glas zur Seite geschoben. Seine Hände – sie zeigten das wirkliche Alter des Mannes – preßte er flach auf die Tischplatte. Waris Chukor rührte sich nicht; in seinem Gesicht las Pet völlige Ratlosigkeit.

»Als ich bei Seyit ay Choozen wegen des Verlustes einer bestimmten Containerlieferung nachfragte, wußte ich schon, daß du großzügig Munsano Mansion für das Treffen zur Verfügung gestellt hattest. Daß Choozen-Export in seinen Containern von Vakkund, einem bekannten Multi-Cyborg-Depotplaneten der Cantaro, gelegentlich als blinde Passagiere auch Cantaro-Ektopoden-Klone und derlei Gezücht versendet, wissen die Sicherheitsbehörden seit der Analyse. Sie untersuchten die Reste des detonierten Containers. Nun weiß ich auch, woher und auf welche Weise der Doppelgänger deines Leibwächters nach Terrania und in die Hotelgarage kam. Dort sollte er den vermeintlichen Versicherungsvertreter Yulal beseitigen, was ihm tatsächlich fast geglückt ist. Also stehst du nicht nur mit dem Betrüger Waris Chukor, sondern auch mit dem schurkischen Akonen ay Choozen in Verbindung. Und das alles, weil du deinen Sohn verloren hast und dich rächen willst.«

Yulal griff unter die Jacke und entsicherte, während er sie aus dem Holster zog, die Waffe. Er legte sie auf seine Knie.

»Zur Sicherheit. Die finanziellen Umtriebe hätten wir im Interesse der galaktischen Großzügigkeit noch übersehen können. Großzügigkeit verbietet sich beim Mord an Rip Selaco, beim Mordversuch an mir und beim beabsichtigten dreifachen Mord an Adams, Kytan ay Marunochy und der Ersten Terranerin.«

Pet stand auf und hob die Schultern. Der Lauf der Waffe in seiner rechten Hand wies zum Boden.

»Wie halten wir es?« sagte er leise. »Kommt ihr freiwillig mit? Ihr seid hiermit offiziell festgenommen.«

Munsano griff nach seinem Glas. Langsam kam Waris Chukor hinter dem Schreibtisch hervor. Die Hände der Männer waren bis auf das große Glas Munsanos leer. Pets Ahnung verdichtete sich zur Überzeugung: Sie hatten ihn erwartet und sich dagegen geschützt. Also lauerten nach menschenmöglicher Wahrscheinlichkeit hier irgendwo dieser mörderische Cyborg und eine unbekannte Anzahl seiner Klone.

Pet ging drei, vier Schritte rückwärts, auf die Tür zu. Er behielt den Blick über den gesamten Raum. Plötzlich begann Munsano hastig zu sprechen. Chukor entfernte sich vom Tisch und ging auf Munsano zu.

»Das alles, Doktor Yulal, klingt logisch. Aber du hast nicht einen einzigen Beweis. Was du vorgetragen hast, paßt hervorragend zu dem Bestreben der Hanse, auch noch die Kontrolle über das letzte private Kapital zu erreichen. Ist das alles? Zeig mir deine Beweise ...«

In der Stille des Raumes ertönte ein Schaltgeräusch. Pet grinste und fiel Munsano ins Wort.

»In früheren Zeiten, als die Sitten rauher waren, hieß es meist: Wehe den Besiegten. Vae victis!«

Der Abschnitt der Wand hinter Chukors Schreibtisch, eine vollkommene Holoprojektion, flimmerte eine halbe Sekunde lang und löste sich auf. Gleichzeitig hoben sich einige Gleiter über die Unterkante der Panoramafenster. Lautlose Laserstrahlen zuckten auf, und Goph Pyun schwebte aus dem Wandversteck einige Zentimeter über dem kostbaren Bodenbelag auf Pet zu. Knallend barsten die riesigen Scheiben aus Spezialglas. Eine donnernde Explosion sprengte die Tür in Yulas Rücken auf. Er duckte sich und schnellte sich zur Seite, rollte sich über den Teppich ab und tauchte neben dem Finanzmagnaten wieder auf.

Ungefähr ein halbes Dutzend Raumlandesoldaten stürmten herein, gleichzeitig schwebte eine andere Gruppe durch den Hagel der berstenden Scheiben in den Raum. Das Donnern schwerer Betäubungswaffen verwandelte den Raum in ein akustisches Inferno. Chukor brach in einem Schuß aus dem Lähmstrahler zusammen, das Glas Munsanos zerbrach auf der Schreibtischplatte, und der Inhalt bildete eine auseinanderlaufende Pfütze; plötzlich hielt auch Munsano eine Waffe in der Hand.

Gleichzeitig feuerten Goph Pyun und Pet Yulal. Blasterschüsse peitschen kreuz und quer durch den Raum. Zwei junge Männer nahmen von beiden Seiten des Raumes den Cyborg unter Feuer. Pets Nadelgeschoß detonierte in Gophs Brustkorb, der Glutstrahl aus der Waffe des Klon verfehlte Pets Kopf und fuhr in die Wandvertäfelung. Das Gewebe des Klons schien eine biologische Wunderwaffe zu sein; trotz der pausenlosen Einschüsse schwankte und torkelte der breitschultrige Riese auf das Fenster zu, wandte sich gegen die andere Gruppe, duckte sich und teilte breite Falten in seinem Körper, aus denen Waffenstrahlen und Projektile schlugen. Munsano schrie Unverständliches, schoß wild um sich und wurde im selben Sekundenbruchteil einige Male getroffen.

Goph hatte ungefähr die Mitte des Raumes erreicht. Munsanos Vorzimmerdame schrie. Vier oder fünf Raumsoldaten konzentrierten das Wirkungsfeuer ihrer Spezialwaffen auf den Schädel des Ektopoden. Goph gab dröhnende, unverständliche Laute von sich, sein Körper zuckte unter den Energieeinschlägen. Die zerfetzten Reste seiner Kleidung brannten, schwelten und rauchten. Der Rauch schien tödliche Gase zu enthalten. Pet hielt den Atem an, hob den Kopf über die Schreibtischplatte, zerrte den Bankier durch Scherben und brennenden Alkohol hinter die Tischkante und war mit zwei, drei Sprüngen hinter den Schutzfeldern der Soldaten.

»Hört auf!« brüllte er. Sein Schreien ging im Lärm einer Reihe kleiner, scharfer Detonationen unter.

Aggregate, im Körper des Cyborgs versteckt oder an seinem Körper angebracht, explodierten. Die schmetternden Druckwellen hoben die Tische an und warfen die Soldaten zurück. Langsam drehte sich der massige Körper auf der Stelle, umgeben von Rauch und Flammen. Wieder peitschte eine lange Schußfolge aus vielen Waffen auf.

Die Reste Goph Pyuns brachen auseinander, verloren den inneren Zusammenhalt, schienen an einigen Stellen zu schmelzen. Langsam krümmte sich der Körper, verlor die Konturen; eine letzte Detonation zerfetzte das, was übriggeblieben war und schmetterte Bindegewebe, Knochen und glühendes Metall an die Wände, die Decke und in die Schutzschirme der Eindringlinge. Unter dem Schreibtisch löste sich ein einzelner Schuß – aus Munsanos Waffe.

Dann breitete sich Stille aus. In den Ohren waren nur pfeifende, klingelnde Geräusche. Soldaten rannten hin und her, Schaumlöschgeräte zischten auf; Pet sah die weißen Fontänen, hörte sie aber nicht. Er schob die gesicherte Waffe zurück, seine Blicke suchten Marxia Talvyn. Auf einer Antigravtrage wurde Waris Chukor durch die riesige Fensteröffnung bugsiert, an deren Rahmen drei Höhengleiter angedockt hatten.

Raumsoldaten zogen den Körper Logar Munsanos unter dem Tisch hervor. Sein Arm war ausgestreckt, der Zeigefinger um den Abzug gekrümmt; auf den ersten Blick sah es aus, als habe sich Munsano selbst getötet.

Als er auf die zweite Bahre gebettet wurde, sah Pet die tödlichen Wunden aus den Waffen der Spezialeinheit. Jemand lehnte eine dritte Bahre hochkant an die nasse Intarsienwand.

Kopfschüttelnd drehte sich Pet herum und nahm die Zeigefinger aus den Ohren, gleichzeitig zog er den winzigen Lautsprecher heraus und schob ihn in die Brusttasche.

»Für wen«, seine Stimme dröhnte im Inneren seines Schädels und kam ihm sehr fremd vor, »habt ihr die dritte Bahre mitgebracht? Eine makabre Art der Ausrüstung, sage ich.«

Marxia zog die Strahlenschutzmaske über ihren Kopf, schenkte Pet ein kühles Lächeln und sagte: »Für dich. Für wen sonst?«

Er sah in ihrem Gesicht keinerlei Ironie oder Belustigung und hob die Schultern. Ein schwer deutbares Gefühl erfaßte ihn; er schloß für einen langen Moment die Augen.

»Einsatz beendet«, sagte er und ging langsam hinaus.

9.

Vernon Almod rang sich ein Lächeln ab, als er auf Neema Strattons Schreibtisch zukam und mit dem Kinn auf die Tür zu Choozens Büro deutete.

»Ich bin nicht der, den du erwartest, Neema«, sagte er leise. Sein unerwartetes Erscheinen hatte sie unruhig werden lassen; vielleicht dachte sie, daß Pet in Schwierigkeiten war. »Aus strategischen Gründen. Du mußt nicht zufällig dringend in der Halle unten einen Imbiß einkaufen und einen Kaffee trinken?«

Sie schüttelte seine Hand und erwiderte lächelnd: »Ich habe eben erst angefangen. Choozen wird kaum begeistert sein, wenn ich schon jetzt Pause mache. Wo ist Pet? Was hat dein Besuch zu bedeuten – gilt er mir?«

»Zuerst deiner Sicherheit.« Vernon blieb ernst. »In zwei Minuten mußt du hier verschwunden sein. Frag nicht; vertrau mir. Pet hat einen ähnlich schwierigen Einsatz wie ich. Es geht um deinen Chef.«

»Du machst mir Angst, Vernon.«

»Ist nicht meine Absicht. Pet hat gesagt, ich soll dich aus der Gefahrenlinie bringen. Also –« Er deutete in die Richtung des leeren Korridors. Neema blickte ihn verständnislos an, dann ängstlich, schließlich hob sie die Schultern und ging langsam aus dem Vorzimmer hinaus. Vernon wartete, bis sich die Tür geschlossen hatte und sagte: »Ich geh' jetzt hinein, Freunde. Ihr solltet jetzt die anderen Besitztümer von Choozen Export unter eure Kontrolle bringen.«

Tief in seinem Ohr flüsterte jemand: »Wir schlagen zu.«

Vernon entsicherte die Waffe und schob den Saum der Jacke über den Griffkolben, ehe er den Öffner betätigte und in ay Choozens Büro hineinging, als gehöre es ihm. Choozen saß am Schreibtisch, arbeitete an einem Terminal und riß den Kopf in die Höhe, als er erkannte, daß es nicht Neema war.

»Was willst du? Wer bist du?« fragte er laut. Pet drehte langsam den Kopf und musterte, wie es schien, bedächtig jede Handbreit der Einrichtung. Er lächelte anerkennend, als er den geschnitzten Schrank sah, ein riesenhaftes Möbel aus sieben verschiedenen Hölzern und mit hunderten Fantasiegestalten aus Halbedelstein in Einlegearbeit.

»Kostbare Handarbeit der ausgestorbenen Autochthonen von Vakkund Beta. Schön und wertvoll, uralt; ich hoffe, der Inhalt entspricht dem Aussehen. Ich bin Vernon Almod, Hanse-Spezialist, Mann für besondere

Einsätze: das scheinbar Unmögliche ist mein Hobby. Es gibt da einige nicht uninteressante Fragen zu beantworten. Von dir zu beantworten, Choozen.«

»Ich glaube, der Ton paßt mir nicht. Wer hat dich hereingelassen? Ich beantworte keine Fragen.«

Vernon winkte ab. Sein Gesicht zeigte den Ausdruck großen Widerwillens.

»Bringen wir's hinter uns«, sagte er. »Es geht um vierfachen Mordversuch, Mord, eine Handvoll Finanzvergehen, Einfuhr verbotener ... Waren nach hierher; lauter Kleinigkeiten. Ich darf mich setzen?«

Er setzte sich so, daß er gleichzeitig ay Choozen und den Schrank im Auge behalten konnte. Der Akone zuckte zusammen und preßte den Finger auf ein Tastfeld. Mißbilligend schüttelte Vernon den Kopf und sagte:

»Der Sitz deiner entzückenden Sekretärin ist augenblicklich leer. Ich hab' ihr eine sinnstiftende Pause befohlen. Zur Sache, König der detonierenden Container: Der Hanse-Sicherheitsdienst hat die Reste der Cantaro-Klon-Importe nach dem bedauerlichen Containerunglück im Galaktischen Trade Center analysiert. Gegenwärtig dürfte der falsche Versicherungsvertreter Yulal, mein Partner, gerade Munsano verhaften. Gleichzeitig nehmen wir Waris Chukor von Vakkund fest, und nach dem traurigen Ende eines Klon-Satelliten, der meinen Partner – von dem nur du wissen kannst – beseitigen sollte, der auch Rip Selaco getötet hat, wird dein feines Leben auf Terra jäh beendet werden.«

Vernon betrachtete den Akonen. Binnen weniger Sekunden verließen Spannung und akonische Arroganz das Gesicht und den Körper des Mannes. Er schien irgendwie zu schrumpfen; seine Bedeutung nahm ab.

Gedankenlos hob Seyit ay Choozen den Finger vom Tastfeld. Er starrte Vernon an, schüttelte langsam den Kopf und schien fieberhaft nach einem Ausweg zu suchen. Schweiß glänzte auf seinem dunklen Gesicht. Wahrscheinlich so, glaubte Vernon zu wissen, dachte er an seine Wissenschaftler oder Techniker auf Vakkund, die vor Jahren das Depot der Cantaro aufgespürt hatten.

»Vergeblich«, sagte Vernon ruhig und zog seine Waffe. »Flucht ist sinnlos. Gegenwehr mag tödlich sein. Ich arbeite nur mit entsprechenden Sicherheitsreserven. Selbstverständlich haben viele Spezialisten alle Einzelheiten des Munsano-Mansion-Komplotts zur Beseitigung hoher Würdenträger untersucht. Akone gegen Akone? Was hast du gegen Kytan ay Marunochy? Du bist vorläufig festgenommen. Kommst du mit? Freiwillig oder nach aufsehenerregender Gegenwehr?«

Der akonische Aristokrat verhielt sich etwa so, wie es Pet Yulal vorausgesagt hatte. Längst schien er alle seine Chancen genau bedacht und abgewogen zu haben, alle Alternativen und Fluchtwege; und jetzt sah er offensichtlich ein, daß es sinnlos war, Vernon gegenüber alles zu leugnen. Seine Anwälte würden das nächste Wort haben. Er stand langsam auf und desaktivierte die Syntronik.

»Ich komme freiwillig«, sagte er leise, sah Vernon an und senkte den Kopf. Die Bürotür glitt auf, und fast geräuschlos schoben sich die Angehörigen der Spezialtruppe herein. Plötzlich riß ay Choozen beide Arme in die Höhe und schrie in höchster Aufregung, enttäuscht und entsetzt, zu Tode erschrocken:

»Nein! Goph! Hör auf! Es ist – sinnlos!«

Beide Schranktüren brachen auf und prallten gegen die Seitenwangen des Schrankes. Ein schwarzgekleideter Riese, mehr als eine Handbreit größer als Vernon, sprang heraus, hielt in beiden Händen kurzläufige Energiewaffen und feuerte auf die Soldaten. Vernon sprang mit einem riesigen Satz zur Seite und schoß, umgeben von den Energiebahnen, die von den Schutzschilden der Soldaten abprallten, gezielt auf den riesigen Pseudohominiden. Die Waffe in seiner Hand ruckte, die Explosionsnadeln detonierten im Körper des Satelliten. Auf diese Entfernung war es fast unmöglich, nicht genau das Ziel zu treffen.

Ohne zeitliche Verzögerung erwiderten die Spezialisten aus sämtlichen Waffen das Feuer des Klon-Satelliten. Seyit ay Choozen sackte hinter der Deckung des Schreibtisches zusammen, kurz bevor einige Schüsse in die Platte einschlugen und der Monitor des Terminals implodierte.

Drei oder vier Sekunden später – Vernon kam es wie eine Stunde vor – erstarrte der Klon, ließ die Arme hängen, feuerte in den Boden und drehte sich, als wolle er mit den Männern Nayuna Shyrams verhandeln, halb herum. Er starrte aus blinden Sehorganen zur offenen Tür und wurde von den Schüssen aus mehr als einem Dutzend Waffen aufgelöst, ohne sich zu wehren. Vernon rannte in den Vorraum, riß ein Löschgerät aus dem Wandschrank und richtete die fauchende Schaumfontäne auf den brennenden und glimmenden Schrank.

»Der Satellit hörte zu existieren auf, als sein Masterklon starb«, sagte er viel zu laut. Seyit ay Choozen stand, an allen Gliedern zitternd, hinter der schwelenden Sessellehne auf. »Immerhin hast du versucht, ihn aufzuhalten. Mildernde Umstände, Akone.«

Die Mitglieder des Kommandos handelten schnell und mit professioneller Gründlichkeit. Die Brände wurden gelöscht. Eine junge Frau verständigte die Gebäudeverwaltung. Vernon verließ den Raum, setzte sich auf Neemas Platz und wartete, bis der Akone gefesselt abgeführt worden war. Nacheinander räumten die Soldaten die Geschäftsräume; Nayuna und zwei Helfer durchsuchten den Schreibtisch und leerten die Speicher der Syntronik. Neema kam zurück, gefolgt von einem kleinen TV-Team, das sich auf Vernon stürzte. Er wimmelte sie ab und sagte zu Neema:

»Ich glaube, du hast ab jetzt für immer dienstfrei. Nimm all dein Zeug, laß dich nach Hause bringen; ich bin sicher, daß du binnen Stunden bei der Hanse einen vergleichbaren Job hast, vermutlich sogar besser bezahlt. Pet hat mehr zu tun als ich; spätestens am frühen Nachmittag ruft dich einer von uns bei dir zu Hause an.«

»Wohin gehst du, oder fährst du? Wann kann ich Pet sehen?«

»Unsere Vorgesetzten brauchen einen ausführlichen Bericht. Wir sind gezwungen, gründlich zu dokumentieren; alles muß vor Gericht Bestand haben. Keine Sorge – Pet ist in Ordnung. Ich wüßte es, wenn ihm etwas geschehen wäre. Glaub's mir.«

Er küßte sie auf die Wange, lächelte ihr aufmunternd zu und folgte dem enttäuschten TV-Team.

Schnell, gründlich und indem sie sämtliche Aufzeichnungen als Ergänzung benützten, völlig unabhängig voneinander, arbeiteten die Partner ihre Berichte auf den Syntroniken ihrer Hotelapartements aus und schickten den Text an Geo Sheremdoc, Noa Lodon und einem Vertreter des akonischen Hohen Rates beziehungsweise der akonischen Regierung in Terrania City. Sie fühlten sich erleichtert, als sie den Gleiter bestiegen und zum Goshunsee fuhren.

Der Vizechef der Sicherheitstruppe führte sie unter ein Schattensegel, dessen dunkles Feld mit der Sonne wanderte; die robotische Hausbar schwebte heran, und sie wählten kühle Drinks, der Zeit des Tages entsprechend. Pet dachte an Neema und die kommenden langen Stunden. Um drei Uhr nachmittags traf Geo Sheremdoc ein, eine halbe Stunde danach Noa Lodon. Er drückte den Partner anerkennend die Hände und war frei von Sarkasmus. Vernon sah durch die weit offenen Terrassentüren über den Rasen des Parks bis zum Ufer des Goshunsees. Er konnte sich des Eindrucks nicht erwehren, als sei der letzte Rest fragwürdiger Düsternis aus den Mauern von Munsano Mansion gewichen. Die Sicherheitsleute und, so lächerlich der Gedanke war, selbst die Kampfroboter schienen erleichtert und bewegten sich leichtfüßig. Hin und wieder grinste einer der Männer.

»Zugegeben«, sagte Vernon und winkte erst ab, als das Glas fast voll war, »wir haben bis zu einem bestimmten Punkt geblufft. Selbst die Klonreste des Containers hätten nicht mehr ergeben als einen dringenden Verdacht.«

»Ich hab' schon gewußt, warum ich euch zwei Rüpel für den Einsatz vorgeschlagen habe.« Geo gestattete sich etwas Ähnliches wie die Vorstufe eines kameradschaftlichen Grinsens. »Hat geklappt, nicht wahr? Der Fehler unserer Gegner war ...«

Pets Blick richtete sich auf den weißen Katamaran, der am Ende eines Steges im Wasser schaukelte. Ohne den Kopf zu drehen sagte er:

»Der Fehler war der Einsatz des Cyborgs und der Klone, bevor die Gäste hier eintrafen. Auch scheinbar Unschuldige schlagen nicht mit solchen Mitteln zurück. Hätten sie mich und Vernon umgebracht, wäre der Fall anders ausgegangen.«

»Besonders für euch beide«, sagte Lodon trocken. Niemand lachte.

»Bleibt es bei Munsano Mansion als Schauplatz der Besprechungen?« Pet wählte einen erfrischenden Drink mit einer Spur Reflexbeschleuniger auf Eis.

»Bisher hat Munsano keine gegenteilige Verfügung getroffen«, sagte Geo seltsam betont. Pet und Vernon starrten ihn schweigend an, Vernon verschüttete eine beachtliche Menge des Getränks, dann murmelte er halb fassungslos: »Deine Seelenruhe ist wahrhaftig komisch, Geo. Man muß bezweifeln, ob du eine Seele hast. Noch pietätloser wäre die Bemerkung, daß auch sein Erbe keinen Einspruch erheben könnte.«

Sheremdoc zuckte mit den Achseln. »Es gibt einen Vertrag. Die Kosmische Hanse wird den Skandal unterdrücken und für ein würdevolles Begräbnis sorgen. Die Nachfolge in der Bank ist, denke ich, geregelt.«

Logar Munsano war tot. Die Obduktion und eine lange Reihe Untersuchungen würden ergeben, ob ihn der Cyborg erschossen oder ob Schüsse aus den Waffen der Raumlandesoldaten sein Leben beendet hatten.

»Die verwegene Geldvernichtungsaktion wäre eine bankinterne Affäre geblieben und wäre so diskret wie viele andere gelöst worden. Ein paar Tausend-Galax-Scheine für Rip Selaco: erledigt.«

»So ähnlich sehe ich es auch«, sagte Vernon und nickte Pet zu. »Daß sich der Akone mit einem Schrank-Klon-Satelliten geschützt hatte, ist ein zusätzlicher Beweis. Hat die Hanse auf Vakkund das Cantaro-Depot schon gefunden, Geo?«

Sheremdoc strich über seine Glatze und murmelte: »Wir arbeiten daran. Ist nur eine Frage der Zeit.«

Waris Chukor und Seyit ay Coozen waren festgenommen und warteten darauf, dem Haftrichter vorgeführt zu werden. Die Bank arbeitete unter der Aufsicht einiger Hanse-Experten weiter; business as usual – bis der Verwaltungsrat eine Lösung gefunden hatte. Pete nahm einen kräftigen Schluck und winkte ab.

»Das ist nicht mehr unser Geschäft. Wir haben uns bis an den Abgrund des Todes gefährdet und den Fall gelöst. Sind wenigstens Adams und Misona schon im Anflug?«

»Ja. Unter den üblicher Sicherheitsvorkehrungen«, sagte Geo. »Was habt ihr vor, ihr zwei Helden?«

»Auf die Hanse-Prämie warten«, sagte Vernon. »Und uns ins Privatleben stürzen.«

»Vergeßt nicht, daß ihr danach einen Termin bei Adams habt. Wahrscheinlich wird sich auch die Erste bei euch bedanken wollen. Ich habe, leider, noch keinen neuen Job für euch. Aber das kann sich erfahrungsgemäß binnen einer Stunde ändern.«

»Ich weiß. Das tröstet mich.« Yulal deutete auf den Katamaran. »Du könntest uns für ein paar Tage als Spezialist für die Bewachung von See aus einstellen.«

»Interesse?« Geo tat, als sähe er das Gefährt mit dem überlangen Mast zum erstenmal. »Wirklich?«

»So ist es. Wollte ich schon immer«, sagte Pet. »Vor den hochherrschaftlichen Villen unserer galaktischen Herrscher im straffen Wind segeln und so tun, als gehörten wir dazu.«

»Genehmigt, Freunde«, sagte Sheremdoc. »Ich habe zu tun.«

»Ich auch.« Pet schüttelte Geos Hand, verabschiedete sich von Noa Lodon. »Angenehmeres, wie ich weiß.«

Nachdenklich verließen Vernon und Pet das riesige Anwesen, fuhren mit dem roten Gleiter zum Hotel und entledigten sich ihrer umfangreichen Ausrüstung. Pet tastete den Holomonitor ein und wartete auf die Nachrichten zur vollen Stunde, während er duschte und die Kleidung für den Abend zurechtlegte.

Widerwillig zollte er den Ermittlern der beiden konkurrierenden Videophonmedien Respekt: Binnen kürzester Zeit hatten sie fast die Hälfte dessen über Rip Selaco, Seyit ay Choozen, Logar Munsano und Waris Chukor herausgefunden, was der Hanse mit weitaus mehr Möglichkeiten bekannt war. Es war nicht gerade eine Sensation, die das Leben in der Riesenstadt gelähmt hätte, aber die Aufregung war groß: Ein von langer Hand aufwendig geplanter Attentatsversuch auf den Zellaktivatorträger Homer G. Adams und die Erste Terranerin würde mindestens zwei Tage lang die Hauptmeldung eines jeden Info-Mediums bleiben. Dazu kam der erwartete Besuch des Akonen: Yulal hoffte, daß Neema ebenfalls die Sendung sah, und daß er nicht stundenlange Schilderungen seines heldenmäßigen Einsatzes würde abgeben müssen. Als die Sendung mit dem Programm der Wettersteuerung zu enden begann, summte die Syntronik.

Neema war auf dem Schirm. Pet starrte sie an; etwas stach ihn unterhalb der Herzgegend, und bedauernd dachte er, daß auch sie nicht die Frau war, bei der er immer bleiben würde. Nicht immer, aber eine ganze, zufriedenstellende Weile. Er lachte und sagte: »Alles gesehen? Du weißt Bescheid? Geht es dir gut?«

»Nun ...«, sie lächelte zurück. »Abgesehen vom Schock des tiefen Falles in Arbeitslosigkeit: ja. Ich hab' mir das ausstehende Gehalt und die Abfindung ausgezahlt, den Terminal abgeschlossen und die Schlüssel deponiert, und jetzt ...«

»Jetzt wünsche dir etwas!« Pet Yulal lachte auffordernd. »Drei Tage lang habe ich Zeit. Wir beide, irgendwohin, was immer du willst! Schnell! Bald ist es dunkel.«

»Also!« Neema lächelte und zählte auf: »Heute holst du mich ab. Nachher, viel später, gehen wir in dieses feine Restaurant. Im Norden, in einem Gebirgstal, kenne ich ein kleines Hotel. Ruhig, preiswert, mit allem Komfort, umgeben von uralter, idyllischer Landschaft und so weiter. Kannst du dir mit mir drei Tage leisten?«

»Auch drei Nächte.« Pete zwirbelte eine lange Haarsträhne, die aus seinem Nackenzopf geschlüpft war. »Ich bin in neunzig Minuten mit gepackter Tasche, genügend Lektüre, bester Laune und einer nahezu jungfräulichen Kreditkarte bei dir. Anschließend biete ich dir ein paar Tage Segeln auf dem Goshunsee. Einverstanden?«

»Ich warte, Pet. Hoffentlich packe ich vor lauter Aufregung das Richtige ein.«

Yulal winkte ihr, schaltete ab, leerte die Fächer und Schränke und packte zwei Taschen voll. Als er merkte, daß noch ungewohnt viel Platz war, entsann er sich seines verschmorten und zerrissenen Anzugs und genoß es, wie selten zuvor, daß er aus abgrundtiefer Erleichterung grinsen konnte.

10.

Schläfrig murmelte Petjar Yulal: »Ut sementem feceris ...« Und Vernon ergänzte: » ... ita metes. Wie die Saat, so die Ernte. Trefflich, Partner. Deine Rede gewinnt an intellektueller Substanz, seit wir zusammenarbeiten.«

»So wird es sein.«

Neema, Pet und Vernons Körper glänzten von Sonnenöl. Sol brannte auf den schimmernden Spiegel des Sees. Die Winde, die ein wenig kühlten, wechselten offensichtlich alle Stunden. Jetzt fegte der Katamaran, der ab und zu den Backbordschwimmer aus dem Wasser hob, mit sportlichem Zischen durch die kleinen, plätschernden Wellen. Vernon bediente das Ruder und die Leinen des schneeweißen Segels. Sie waren in der Mitte des Sees; Munsano Mansion lag unter mächtigen, uralten Bäumen, die den Widrigkeiten der vergangenen Jahrhunderte getrotzt zu haben schienen: ein langgestreckter, weißer Bau, dessen Glasflächen ab und zu aufblitzten.

»Wie lange können wir noch weitersegeln?« fragte

Neema. Es war etwa zehn Uhr morgens. Pet verfolgte die Verformungen der schneeweißen Wolken und brummte: »So lange wir wollen. Drinks und Proviant sind an Bord.«

»Und ein tragbarer Holoschirm«, rief Vernon. »Schließlich ist heute der zweitgrößte Tag.«

»Das alles werden wir uns in einer schattigen Bucht ansehen. Geht es nicht schneller, Vernon?« rief Pet.

»Löse mich am Ruder an, dann kannst du dem Rausch der Geschwindigkeit frönen bis zum Mastbruch.«

»Nach der nächsten Halse, Partner.«

Pet lag neben Neema auf dem Netz zwischen den Schwimmern. Er hielt trotz der Sonnenbrille die Augen geschlossen, lauschte in sich hinein und entdeckte vor dem Wohlbefinden die Bilder des Schreckens: Mord an Unschuldigen, Schüsse, Tod, Zerstörung. Jenseits des Wohlbefindens glaubte er den erregenden Stachel eines neuen Einsatzes zu spüren, weit weg von Sol, Terra, Terrania-City und Neema Stratton. Sheremdoc hatte es ihnen gesagt.

Pets Erinnerungen waren angefüllt mit knapp drei Tagen und Nächten in der gepflegten, kühlen Wildnis des kultivierten Himalayatales, ruhig, abgeschieden, eine Umwelt, die zur ruhigen Nachdenklichkeit zwang. Die Tage mit Neema hatten sich in seine Erinnerungen eingebrannt als eine Folge von schönen Stunden. Ein vorbeirasender Wasserskifahrer überschüttete sie mit Tropfen und Gischt, lachte schrill und hörte Vernons wüste Flüche nicht.

»Jetzt bist du dran!« rief Vernon. Pet wechselte mit ihm den Platz und rief: »Haltet euch fest!«

Er steuerte den Katamaran aus der Munsano-Hinterlassenschaft über ein Drittel des Sees in die Fläche jener Windmarken hinein, die rauher und höher waren als die Strukturen ihrer Umgebung. Meist auf einem

Schwimmer, in fast unglaublicher Schräglage jagte der Kat quer über die Mitte des Goshunsees in eine der vielen Buchten, schob sich in den Mittagsschatten und lag still, fast ohne zu schwanken. Zum Picknick öffnete Vernon gekühlte Flaschen und stellte den tragbaren Empfänger auf den Steuerbordschwimmer.

»Ich bin nicht vergnügungssüchtig«, sagte Pet leise. »Aber wir wollen auch unser Erfolgserlebnis haben. Wir warten auf den triumphalen Einzug des Oberakonen in Munsano Mansion – und zwar ohne Attentatsversuche.«

»Kytan ay Marunochy!« sagte Neema leise.

»Derselbe.«

Im kühlen Schatten, ohne von Mücken oder Wasserskifahrern geplagt zu werden, völlig allein in der winzigen Bucht, aßen und tranken sie, lagen träge auf den Schwimmern und dem Netz, warfen ab und zu einen halb gelangweilten Blick auf den Schirm; es schien, als wären alle drei eine Handvoll Lichtjahre von jedem denkbaren Problem entfernt.

Irgendwann flüsterte Neema: »Bleibst du, bleibt ihr beide … in der Stadt? Auf dem Planeten?«

»Nicht auf Terra«, brummte Vernon. »Aber wir wissen nicht, wo. Der, na ja, Chef, hat wohl ein Ziel weit weg von hier im Auge.«

»Wir wissen es wirklich nicht«, sagte Pet.

»Wann erfahrt ihr es?«

»Wenn der Trubel um Marunochy vorbei ist. Heute vielleicht, sehr spät. Vielleicht auch erst morgen.«

Waris Chukor war angeklagt worden und saß vermutlich für lange Zeit in Haft; man würde ihm auf Terra den Prozeß machen. Seyit ay Choozen war offiziell des Planeten verwiesen und bereits ausgeflogen worden; man hatte ihn – obwohl man die Folgen nicht abzuschätzen vermochte – der akonischen Justiz überstellt. Naturgemäß würde ihn der Kytan schwerlich als seinen

Intimfreund betrachten. Die Wahrscheinlichkeit, daß er irgendwann der Hanse würde schaden können, blieb denkbar gering.

»Da!« sagte Pet in den schläfrigen Nachmittag hinein. Er deutete auf den tragbaren Empfänger. »Jetzt erleben wir die würdigen Zeremonien!«

»Die ohne euch zwei Helden wohl anders ausgefallen wären«, meinte Neema und betrachtete nachdenklich, als wolle sie die Bläschen zählen, das Champagnerglas, in dem Mineralwasser perlte.

»Das ist die Wahrheit!« sagte Pet schläfrig.

Die Nachrichtensendung brachte einen Zusammenschnitt der Ereignisse. Das Raumschiff landete, die Sicherheitsorgane hatten ihren großen Tag; aus der Polschleuse kamen ein prächtig gekleideter Akone mit etwa fünfzig Begleiterinnen und Begleitern. Der übliche Troß solcher halbpolitischen Handelsdelegationen. Der rote Teppich schien breiter als sonst. Einige kurze Ansprachen, Händeschütteln, die akonische Planetarhymne; eine Karawane schwer gepanzerter Gleiter, über denen noch besser ausgerüstete Gleiter flogen, einige Rundblicke über die Stadt, dann die Anfahrt durch den ehrwürdigen Park Munsano Mansions.

»Eigentlich sollten wir waffenstarrend am Ufer patrouillieren und jeden Zitronenfalter abschießen, der sich dem Ufer nähert.« Vernon goß warmgewordenen Champagner ins Wasser und langte nach der nächsten Flasche.

»Vergiß es, Partner«, knurrte Pet und streichelte Neemas Schultern. »Das Ufer ist von Kampfrobotern umzäunt.«

Der Empfang war, wie geplant, würdevoll und protokollarisch vielversprechend. Personenschützer, Beamte, Hanse-Vertreter, einige fähnchenschwenkende

Kinder der akonischen Kolonie bildeten ein Spalier. Im Eingang des Hauses begrüßten Homer G. Adams und die Erste Terranerin den Hohen Rat von Sphinx; genauer: Drorah, wie die Akonen ihre Welt selbst nannten.

Wieder einige lange Statements, dann schlossen sich die Portale, und selbst die wichtigsten Berichterstatter wurden ausgesperrt.

»Und nun finden unter der Aufsicht und Federführung der Liga Freier Terraner die unendlich wichtigen Gespräche statt, die wahrscheinlich wirklich mithelfen, das Verhältnis Akon-Terra, zu entkrampfen, nicht wahr?« fragte Neema.

»Genau so ist es«, sagte Pet.

»Misona und Homer werden es schaffen.« Vernon öffnete die Flasche. »Die Beziehungen waren stets gespannt, sind heikel und dürfen nicht belastet werden. Was mein Partner und ich dafür tun konnten, haben wir getan, und zum Lohn schickt man uns bald in die garantiert unwirtlichste Gegend des großen, weiten Universums.«

Sie beendeten ihr Picknick, sicherten die Kühlboxen, und bis zur Abenddämmerung jagte Pet Yulal den Katamaran kreuz und quer über den See. Sie machten ihn am Steg fest, stiegen in den Gleiter, luden Vernon am Hotel ab, und Pet brachte Neema in ihr gemütliches Apartment. Er hatte das Hotel endgültig gekündigt und blieb bis zum Morgen des Abflugs bei ihr.

Pet fuhr über seinen Dreitagebart, warf seinem Partner einen kurzen Blick zu und rührte in der Kaffeetasse. Die Massen der abfliegenden und ankommenden Passagiere machten einen Hintergrundlärm, der Vernon und Pet vertrauter war als viele andere Geräusche des Lebens. Das Gepäck war in den Schächten und Bändern der

Raumhafenlogistik verschwunden, und die Stimmung der Partner war nicht die beste.

»Eines Tages, wenn wir alt geworden sind und unsere Leistungsfähigkeit stark nachgelassen hat«, sagte Vernon nachdenklich, »werden wir vielleicht ein ruhiges Leben auf Terra zu schätzen wissen. Noch scheint es nicht so weit zu sein.«

Sie hatten Lob, Dank und Prämien der Administration der Ersten Terranerin ebenso entgegengenommen wie den aufrichtigen Dank Homer Gershwin Adams. Geo Sheremdoc hatte ihnen die Tickets überreicht; sein Gesichtsausdruck war ebenso verkniffen wie undeutbar gewesen. Ihr Flug führte zu einem wenig exotischen Knotenpunkt. Dort würde man ihnen präzise Unterlagen über den nächsten Einsatz aushändigen. Bis zum Start der CIMAROSA ULTIMA betrug die Wartezeit noch knapp neunzig Minuten. Pet zündete sich eine Zigarette an und rauchte genußvoll. Der Mann hinter der Bar wandte sich angewidert ab.

»Noch lange nicht, Partner. Ich bin einigermaßen stolz auf uns. Wir haben gute Arbeit abgeliefert.«

»Unter idealen Verhältnissen. Wahrscheinlich ist der nächste Planet nichts anderes als stinkender Sumpf mit furchtbar häßlichen Eingeborenen und unlösbaren Problemen.«

»Wir wollen es ja nicht anders«, sagte Yulal. »Trink aus, Vernon!«

Die übernächste Lautsprecherdurchsage galt ihnen und ihrem Flug. Pet hoffte, daß nicht plötzlich Neema hier erscheinen und tränenreichen Abschied nehmen würde.

»Gehen wir, Partner.«

Sie hatten es nicht eilig. Die nächste Durchsage. Sie checkten ein, betrachteten schweigend einen Teil ihrer Mitreisenden und begannen zu ahnen, daß es ein langweiliger Flug werden würde. Aber ebenso genau wußten sie, daß, wenn sie nach dem Start zusehen würden, wie die Stadt und der Ausschnitt des Planeten kleiner und unbedeutender wurden, sie mit einer bestimmten Menge Trauer und Betroffenheit auf die Monitoren schauen würden.